MANESSE BIBLIOTHEK DER WELTLITERATUR

ITALO SVEVO

Kurze sentimentale Reise

Aus dem Italienischen übertragen
von Pia Todorović

Nachwort von Ute Stempel

MANESSE VERLAG
ZÜRICH

I. BAHNHOF MAILAND

Herr Aghios trennte sich mit sanfter Gewalt von seiner Frau und bemühte sich, mit schnellen Schritten in der dichten Menge zu verschwinden, die sich am Eingang des Bahnhofs drängte.

Man mußte diese Abschiedsszenen abkürzen, es wirkte lächerlich, wenn ein altes Ehepaar sich zu lange damit aufhielt. Zwar waren am Bahnhof alle in Eile, keiner hatte Zeit, auf den Nachbarn zu achten oder über ihn zu lachen, doch Herr Aghios stellte sich im Innersten genau diesen lachenden Nachbarn vor. Mehr noch, er selbst verwandelte sich in diesen Nachbarn. Wie sonderbar! Er mußte Traurigkeit vortäuschen, die er nicht empfand, während ihn Freude und Hoffnung erfüllten und er es kaum erwarten konnte, sie in aller Ruhe auszukosten. Deshalb rannte er, um sich möglichst schnell den Heucheleien zu entziehen. Warum so viele Diskussionen? Wohl hatte er sich seit vielen Jahren nicht mehr von seiner Frau getrennt, doch eine Reise nach Hause, nach Triest, wohin sie ihm zwei Wochen später nachkommen würde, war nicht der Rede wert.

Doch seit vielen Wochen hatten sie dauernd darüber gesprochen. Die Entscheidung war ihnen sehr schwer gefallen, gerade, weil beide die Reise wünschten und glaubten, ihren Wunsch verbergen zu müssen, um ihn sicher verwirklichen zu können.

Er hätte vielleicht geweint, wäre die Trennung für das ganze Leben oder eines großen Teils davon gewesen. Doch so konnte er vor sich selbst zugeben, daß er frohen Herzens wegfuhr. Um so mehr, als er wußte, daß er auch ihr einen Gefallen tat.

In den vergangenen Jahren hatte sich Frau Aghios mit leidenschaftlicher, ausschließlicher Liebe an ihren Sohn geklammert. Wenn er nicht da war, fühlte sie sich selbst neben ihrem Mann allein, vollkommen allein, denn sie sprach nicht über ihren Kummer, weil sie spürte, daß Herr Aghios darüber gelacht hätte. Doch der Kummer blieb Herrn Aghios nicht verborgen, er war beleidigt, ihn nicht lindern zu können, und tat, als merke er nichts, um sich nicht zu ärgern. «Ein doppelter Zwang!» dachte Herr Aghios, der einige philosophische Werke gelesen hatte. «Doppelt, weil es mein und ihr Zwang ist!»

Jetzt wollte Frau Aghios noch in Mailand bleiben, um den Sohn, der eine wichtige Prüfung ablegen mußte, nicht allein zu lassen. Herr Aghios maß Prüfungen keine besondere Bedeutung bei, weil man sie wiederholen kann, und er wußte auch, daß der Sohn, dem der Aufenthalt in Mailand nicht mißfiel, sie gern wiederholt hätte. Doch da er allein reisen wollte, mußte er darauf bestehen, die Mutter solle in Mailand bleiben, um dem Sohn in diesen schwierigen Tagen beizustehen. So blieb Frau Aghios in Mailand, um ihrem Mann einen Gefallen zu tun, doch Herr Aghios, der seiner Frau zutiefst in die Seele geblickt hatte, fuhr beleidigt ab, konnte es jedoch nicht aussprechen, weil er sonst die Freiheit, allein zu reisen, aufs Spiel gesetzt hätte.

Man mußte den Abschied wirklich abkürzen,

denn Frau Aghios war imstande, im letzten Augenblick die Meinung zu ändern, wenn sie erriet, wie die Dinge wirklich standen. Sie konnte nicht dulden, ihre Pflicht zu vernachlässigen. Und Herr Aghios dachte, der leichte Groll gegen seine Frau, der ihm sehr unangenehm war, verschwinde, sobald er allein sein würde. Er rannte, und schon schien ihm alles richtiger. Durch die Verlängerung der Abschiedsszene hatte seine Frau zugegeben, daß sie ihn schlechten Gewissens allein reisen ließ, und er dachte: «Wie ehrlich sie ist! Sie liebt mich überhaupt nicht, will aber bis zuletzt das am Altar gegebene Versprechen halten. Es tut ihr leid, das, was sie tun müßte, nicht tun zu können. Wie schmerzlich für sie und wie ärgerlich für mich!»

Doch warum erfüllte es Herrn Aghios mit solcher Freude und Hoffnung, seine gesetzliche Ehefrau endlich verlassen zu können? Hatte er vielleicht das Vergnügen im Sinn, wollte er seine fast weißen Haare entehren und den Frauen nachrennen?

Oh! Das gewiß nicht. Ein alter Mann kann erstens nicht rennen, und Herr Aghios war den Frauen nie nachgerannt, nicht einmal in jungen Jahren. Freilich wäre es falsch gewesen, die Frau ganz aus seiner Freude und Hoffnung auszuschließen. Er war so voller Freude und Hoffnung, daß die Frau – die ideale Frau, womöglich ohne Beine und Mund – darin nicht fehlen durfte. Sie verschmolz im Dämmer mit vielen anderen Bildern und war ein wichtiger Teil davon. Doch die Frau, die einer sich wünscht, ist nicht immer dieselbe. Sicher dient sie vor allem der Liebe, doch manchmal begehrt man sie, um sie beschützen und retten zu können. Sie ist ein schönes, aber auch schwaches Wesen, das man liebkost, wenn es einen läßt, und das man selbst dann liebkost, wenn es einen nicht läßt.

Herr Aghios brauchte Leben, und deshalb reiste er allein. Er fühlte sich alt, besonders neben seiner alten Frau und dem jungen Sohn. Wenn seine Frau sich bei ihm einhakte, mußte er den Schritt verlangsamen, und wenn er neben seinem Sohn war, fühlte er, wie dieser langsamer ging. Frau und Sohn brachten ihm alle Achtung entgegen. Seit er krank gewesen war, behandelte ihn seine Frau wie eine Krankenschwester, was jede Regung von Ritterlichkeit seitens des Mannes erstickte. Der Sohn achtete den Vater, wie es sich gehörte, doch er belehrte und verbesserte ihn, wenn dieser, von seiner lebhaften Phantasie beflügelt, Wortherleitungen erfand, die wissenschaftlich nicht abgesichert waren, oder Ereignisse aus der Geschichte falsch datierte oder verdrehte. Der Junge erinnerte sich, obwohl er das Gymnasium nur mit Mühe abgeschlossen hatte, an sein Griechisch und Latein, das Herr Aghios nie gelernt hatte, und wußte – wie seine Mutter – genau, was er wußte. Und es ist nicht angenehm, als Vater unrecht zu haben!

Doch daran allein lag es nicht, obwohl es für Herrn Aghios recht wichtig war, in seinem Alter vollkommen in Ruhe gelassen zu werden, vollkommen, einschließlich seiner Unwissenheit, mit der er seit vielen Jahren lebte, so daß sie zur Grundlage seines Lebens geworden war.

Jede Unpäßlichkeit, die Herr Aghios spürte,

nannte er Altersbeschwerde, doch teilweise brachte er solche Unpäßlichkeit auch mit der Familie in Zusammenhang. Gewiß war er nie so alt gewesen wie jetzt, aber nie hatte er außer dem Gefühl, alt zu sein, ein derart starkes Eingerostetsein empfunden. Dieses Eingerostetsein hatte sicher mit der Familie zu tun, mit einem geschlossenen Raum, in dem sich Schimmel und Rost ansetzten. Wie sollte man bei so viel Eintönigkeit nicht einrosten? Er sah jeden Tag dieselben Gesichter, hörte dieselben Worte, war zu derselben Rücksichtnahme gezwungen, auch zu denselben Vortäuschungen, denn jeden Tag ließ er seine Frau Zärtlichkeit spüren, die sie zweifellos verdiente. Sogar die Sicherheit, die man in der Familie genießt, schläfert ein, versteift und führt zur Lähmung.

Würde er sich im rauhen Wind außerhalb der Familie stärker fühlen? Die kurze Reise war eine Probe; wenn sie gelang, würden ihm seine Geschäfte den Vorwand für weitere Reisen liefern. Natürlich erwartete er nicht, so aufzuleben wie bei seiner letzten Reise nach London, wo er sich vor zwanzig Jahren mehrere Monate aufgehalten hatte, ohne seine Frau, die damals eine ganz junge Mutter war.

Er hatte schrecklich unter der Einsamkeit gelitten. Das Mißtrauen und die Gleichgültigkeit, die er um sich spürte, machten sich in einer reizbaren Ungeduld Luft. Neidisch und sehnsüchtig beobachtete er das intensive Leben, das ihn umgab und zurückstieß. Einmal, als er einsam mit einem Buch im Lesezimmer des Hotels saß, trat ein schöner, rosiger Junge auf ihn zu, der etwa zehn Jahre alt war, und sagte etwas zu ihm, das er überhaupt nicht verstand, denn das Englisch der Kinder bereitet bekanntlich die größten Schwierigkeiten. Herr Aghios war bewegt, endlich einen Freund gefunden zu haben. Er redete mit ihm, und das Kind schien zu verstehen, denn es antwortete mit viel mehr Worten, als es empfangen hatte. Leider alle in Englisch! Und da die Worte ihren Dienst versagten, streichelte ihm Herr Aghios über das blonde Haar, um sich ihm anzunähern. Doch da erschien in der Tür des Zimmers ein Herr, der entrüstet schien, sein Kind in Gesellschaft eines Ausländers zu sehen: *«Philip! Come along!»* rief er, und das Kind entfernte sich auf der Stelle, nach einem erschreckten Blick auf den Mann, dem es Vertrauen geschenkt hatte und von dem ihm sicher Gefahr drohte, da man es mit solchem Nachdruck von ihm wegrief.

Der reizbare Schmerz der Einsamkeit schadete auch seinen Geschäften, weil Herr Aghios schließlich alle seine Kunden als Feinde betrachtete. Es wurde noch schlimmer, weil der nüchterne, tugendvolle Herr Aghios in seinem Wunsch nach Aufmunterung zum Absinth griff, einem Getränk, das Freundschaft und Unterhaltung vorzüglich ersetzt. Er trank nicht übermäßig, aber genug, um nervöse Störungen zu bekommen, die aufhörten, als er zu Hause wieder glücklich im Familienleben aufging, das jede andere Anregung von Anfang an überflüssig machte.

Doch ein Schmerz, an den man sich erinnert, bleibt nicht immer ein Schmerz. Jetzt empfand er beim Gedanken daran intensives Leben. Oh!

Wenn er die ganze Ungeduld und den Schmerz von damals wieder spüren könnte! Das wäre neues Leben! Das Leben kann nur Anstrengung, Groll oder Vorfreude sein! Er hatte zu viele Freunde um sich, die, wenn sie ihn auch manchmal verletzten, keine wirkliche Auflehnung in ihm aufkommen ließen. Er mußte unter Unbekannten, vielleicht sogar Feinden leben. Mit Bewunderung erinnerte er sich an seine Auflehnung gegen Großbritannien. Er hatte sich mit politischen und wirtschaftlichen Fragen befaßt, nur um das große Reich angreifen zu können, dessen Organisation fast, aber nicht ganz vollkommen war und das sich nicht dazu aufraffte, mit einer kleinen Anstrengung die Vollkommenheit zu erreichen. Auch die Heimreise nach Italien war von den schönsten Hoffnungen beflügelt gewesen. In seinem Gepäck lag ein kleines Paket mit ein wenig Erde, die er in London in der Nähe einer felsigen Stelle gesammelt hatte. Von diesem Paket, das Herr Aghios immer feucht hielt, wußte niemand etwas außer dem Grenzbeamten in Chiasso, der den Reisenden beinahe zurückgehalten und die Erde ins Labor geschickt hätte. Dieser Staatsangestellte war dabei, Italiens Glück zu verhindern! Herr Aghios lächelte gerührt in Erinnerung an seine große Ahnungslosigkeit. Auch Ahnungslosigkeit bedeutet Leben, mehr noch, sie ist der echte, frische, duftende Beginn des Lebens. Dazu muß man sagen, daß Herr Aghios irgendwo gehört hatte, Darwin sei der Meinung gewesen, ein mikroskopisch kleiner Wurm habe Großbritanniens Felsen in fruchtbares Land verwandelt. Deshalb hoffte er, das langsame

Werk des kleinen Wurms auch dem eigenen Land nutzbar machen zu können. Er streute diese Erde auf ein Stück Karstboden in Italien und fühlte sich bedeutend und bewegt. Es war ihm unwichtig, ob man seinen Namen erwähnen würde, wenn die Erdoberfläche in Italien einige Jahrhunderte später felsenfrei sein würde. Solche Höhenflüge bewirkte die Einsamkeit! Jetzt lachte er über sich selbst. Zu lange hatte er in der Familie gelebt, um seine eigene vergangene Größe zu verstehen. Die Familie war wie ein Schleier, hinter dem man Schutz suchte, um sicher zu sein und alles zu vergessen. Jetzt starb er daran, voller Hoffnung. Wahrscheinlich würde die Probe mit einer Enttäuschung enden. Dann würde er sich zufriedengeben. Nichts würde verloren sein. Er würde hinter diesen Schleier zurückkehren, im Halbschatten leben, geschützt, sicher, und weitersterben, aber resigniert. Genau so! Wie die Sterbenden, die, vom nahen Ziel geblendet, mit aller Kraft das entfliehende Leben aufhalten wollen und unfähig sind, etwas anderes zu sehen, zu spüren oder wahrzunehmen, weil sie sich ganz auf die mühsam gewordene Anstrengung des Atmens und Verdauens konzentrieren.

Bis zur Abfahrt blieb fast eine Viertelstunde, und Herr Aghios verlangsamte den Schritt. Vielleicht war der Abschied von seiner Frau zu überstürzt gewesen. Er bedauerte, daß sie ihm das vielleicht übelgenommen hatte, denn sicher verdiente sie alles, auch Rücksichtnahme.

Ein kleiner Foxterrier kam zögernd auf ihn zu und beschnupperte seine Schuhe. «Bist du schon da, alter Freund?» dachte der alte Mann. Sicher war es nicht der erste Hund, den er in Mailand sah, doch es war der erste, der sich ihm näherte, seit er allein war. Er schaute ihn liebevoll an, aber der Hund wich zurück – sicher suchte er seinen Herrn – und sprang weg, wobei er, die weichen jungen Ohren an den Kopf gelegt, einen letzten Blick auf den Mann warf, der ihn erschreckt hatte. Der alte Herr Aghios blickte ihm voll Bewunderung nach. Wer sich auf vier Beinen fortbewegt, ist immer argloser als ein Zweibeiner. Die Sprünge und suchenden Bewegungen des kleinen jungen Hundes, dessen vier Beine noch nicht gut aufeinander abgestimmt waren, drückten die Arglosigkeit selbst aus. Herr Aghios dachte schweren Herzens an die großen Gefahren, denen das weiße Hündchen ausgesetzt war. «Hüte dich vor dem Hundefänger!» dachte er.

Hunde sind sehr gute Reisegefährten. Sogar in England gleichen sie den unseren und lassen uns ein Stück Heimat wiederfinden. Nicht besser erzogen als unsere, beschnuppern sie genauso jeden Dreck auf der Straße, sind aufdringlich, laut, folgsam, wenn man sie mit der Geißel gezüchtigt hat, zutraulich und immer erstaunt, daß diejenigen, die sie lieben, nicht zulassen, daß sie ihnen das Gesicht ablecken. Sie sprechen dieselbe Sprache. Herr Aghios liebte sie in seiner Einsamkeit, beobachtete sie, suchte ihren Charakter zu ergründen und zu verstehen. Sie, die uns beschnüffeln, sind ganz anders als wir Menschen, und es ist eigenartig, daß uns eine so enge Beziehung verbindet. Für uns ist diese Freundschaft ein großes Glück;

was die Hunde betrifft, beruht sie bestimmt auf einem Mißverständnis. Katzen sind vielleicht anschmiegsamer, weil sie uns ähnlicher sind und uns besser kennen. Die Aufrichtigkeit verdankt der Hund seinem am stärksten entwickelten Sinn, dem Riechen. Seine Art der Wahrnehmung läßt ihn glauben, daß in dieser Welt jeder Verrat auf der Stelle entdeckt wird, denn der Hund sieht nicht die trügerische Oberfläche, er untersucht die Seele der Dinge, ihren Geruch. Es kommt vor, daß ihn sein Sinn trügt oder daß er Unschuldige beißt, die eine unangenehme Ausdünstung haben, doch er weiß es nicht; und wird er daran gehindert, fügt er sich, wenn auch knurrend. Nicht selten bremst ihn höhere Gewalt, legt ihn in Ketten, und er muß sich unterordnen, ohne überzeugt zu sein; er ist daran gewöhnt. Doch mit Absicht betrügen wird er nicht, denn er weiß, daß er mit seinem Geruchssinn jede Täuschung entdeckt und daß das um so mehr für seinen Herrn gilt, der nicht sein Herr wäre, hätte er nicht vollkommenere Sinne als er.

Gerüche sind ehrlich. Es scheint jedoch, daß sie der Wirklichkeit fremder sind als Linien und Farben. Der arme Hund ist immer der Betrogene, weil er schlecht unterrichtet ist. Einige schmerzliche Erfahrungen bleiben ihm aber erspart. Er ist nirgends fremd. Sein Sinn verbindet ihn immer mit den andern. Jede zufällige Begegnung gibt das Innerste preis, und seiner Nase offenbaren sich die verborgensten Dinge. Sie zurückzuweisen ist ausgesprochen unhöflich und löst die heftigste Reaktion aus. Wieviel natürlicher ist das als unser Leben! Im größten Gedränge Londons ist ein

Mensch für den anderen nichts als ein Hindernis bei der Fortbewegung. Was kann man dagegen tun? Auch wenn Herr Aghios als Diktator das gesellschaftliche Leben bestimmen würde, könnte er nicht erzwingen, daß Unbekannte sich zum Gruß zulächeln. Ein aufgezwungenes Lächeln würde zur häßlichen Grimasse und wäre nie ein ehrlicher Gruß zwischen Brüdern. Auch Zuneigung ist eine Anstrengung, zu der sich niemand mit Gewalt verpflichten läßt; wirklich erholsam ist nur die Gleichgültigkeit. Hunde sind dem Leben gegenüber nie gleichgültig, weil sie von Gerüchen geleitet werden. Sie sind nie bloß gleichgültige Fremde, sondern immer Freunde oder Feinde.

Ein Zug ist nicht klein, dennoch fand Herr Aghios den seinen im großen Bahnhof nicht. Irgendwo im Bahnhof mußte er doch bestimmt angekündigt sein, allein Herr Aghios sah nichts dergleichen. Gewöhnlich führte ihn seine Frau zum Zug. Herr Aghios schnupperte vergeblich nach rechts und nach links. Da lief ein Gepäckträger auf ihn zu, der wie gerufen kam. Herr Aghios übergab ihm das Köfferchen, das er mühelos selbst hätte tragen können, und fragte nach dem Zug. Er hielt es für nötig, sich zu entschuldigen: «Der Koffer ist leicht, aber in meinem Alter doch schwer.»

Er redete mit dem Gepäckträger, um ihn als Freund zu gewinnen. Schon spürte er das Bedürfnis nach Gelegenheitsfreunden, die seine Freiheit unangetastet ließen. Der Gepäckträger, ein untersetzter, flinker Mann, lächelte und brummte etwas im Mailänder Dialekt, das Herr Aghios nicht verstand. Das Lächeln war ein gutes Zeichen, und

Herr Aghios folgte dem Freund, der, den Koffer in der Hand, vor ihm herlief, voll guten Willens und mit schnellen Schritten. Er folgte ihm und liebte ihn schon. Welch schöne Erfindung doch die Trinkgelder waren! Vor allem die kleinen, die nicht schmerzten. Herr Aghios geizte eher damit, denn wenn man auf einmal viel gab, war das Vergnügen kurz, und man blieb danach für lange Zeit verhindert. Seine Frau war großzügiger, und wenn eine Not nur durch eine große Geldsumme zu lindern war, zögerte sie nicht. Doch damit verfügte man in gewissem Sinn über das Eigentum der anderen, denn diesen mußte man dann sagen: «Das, was euch zustehen würde, habe ich schon anderweitig ausgegeben.» Er war nur selten großzügig, nur, wenn es seine Frau wollte, so wie er in vielen anderen Fällen das tat, was sie wollte.

Auf Reisen muß man Freunde gewinnen, denn sonst geht man mit dem finstren Gesicht eines Fremden durch die Welt, die unsere wahre, große Heimat ist. Herr Aghios gab kleine, wirklich knauserige Trinkgelder und wollte damit keine große, aber dauerhafte Freundschaft erkaufen. Deshalb bezahlte er immer erst einen unter dem Tarif gelegenen Preis. Gewöhnlich begehrte der andere nicht auf, sondern starrte verblüfft auf das wenige Geld, das er in der offenen Hand hielt. Dann legte Herr Aghios eine Münze nach der anderen in diese Hand, bis sie sich schloß und auf dem Gesicht des Gepäckträgers ein Lächeln erschien. Dieses Lächeln, das auf sich hatte warten lassen, prägte sich in Herrn Aghios' Erinnerung besser ein und ebnete ihm ein Stück des Wegs. Manchmal verlor der Gepäckträger die Geduld, bevor Herr Aghios ihm das ganze Trinkgeld gegeben hatte, und ließ ihn mit einem Fluch stehen. Herr Aghios blieb dann mit dem Trinkgeld zurück, doch er war trotzdem zufrieden, denn er trennte sich wohl von einem Feind, aber nicht von einem Fremden.

Man mußte eine breite Treppe hinunter, durch eine Unterführung und wieder hinauf zum Bahnsteig des Zugs aus Turin, der noch nicht eingetroffen war.

Der Gepäckträger fragte Herrn Aghios, ob er warten solle. Wäre nicht der Mailänder Dialekt gewesen, hätte Herr Aghios den eben erst gewonnenen Freund zurückgehalten. So ließ er ihn gehen und blieb in seiner Einsamkeit zurück, die ein letztes dankbares Lächeln des Gepäckträgers erhellte. Sie hatten sich einen Moment lang in die Augen geschaut, als wollten sie der gegenseitigen Zuneigung Ausdruck geben. Herr Aghios fügte dem Trinkgeld eine Zigarette bei, um die Zuneigung zu bestärken.

Auf dem Bahnsteig standen viele Wartende. Neben einer Säule waren ärmliche Gepäckstücke gestapelt, ein einziger geschlossener Koffer, zwei zusammengebundene Körbe, der eine Korb mit einem roten, der andere mit einem verblichenen grünen Tuch bedeckt. Auf dem Koffer saß eine Frau mit einem Säugling im Schoß, und ein zehnjähriges Mädchen, das durch ein abgetragenes Kleidchen gut gegen die Kälte geschützt war, schlief auf einem der Körbe, den Kopf an die Hüfte der Mutter gelehnt.

«Wandern sie aus?» fragte sich Herr Aghios.

Dann sah er einen Bauern näher kommen, der im Laufen die Fahrkarten überprüfte, die er sicher eben erst gekauft hatte. Die junge Frau atmete auf, als sie ihn sah. Sie mußte besorgt gewesen sein, daß der Mann sie so lange allein gelassen hatte. Das war nicht einfach eine Reise mit der ganzen Familie. Es war eine Auswanderung, eine Flucht.

Dann beobachtete Herr Aghios nicht mehr die Menschen um sich herum, sondern bestaunte einige Minuten lang den dichten Rauch, der aus dem Kamin einer Lokomotive außerhalb des Bahnhofs quoll. Die Wolken, die hervorquollen, wurden vom Wind augenblicklich geteilt und in der Luft zerstreut. Jede Wolke schien sich bei dieser Zerstörung zu entkleiden und einen Kopf, einen Rüssel, ein beseeltes Wesen freizugeben. Und dieser Kopf riß vor der Auflösung die Augen auf, um besser um sich zu blicken, und um besser um sich blicken zu können, riß er sich schließlich ganz entzwei. Es war eine Prozession erschreckter, drohender Köpfe. «Wenige Linien des Lebens genügen, um den Kern des Lebens zu verdichten, die Angst oder die Bedrohung», moralisierte Herr Aghios.

Der Zug fuhr schnaubend in den Bahnhof ein. Da hörte Herr Aghios die Stimme seiner Frau, sie rief: «Giacomo!»

Er drehte sich um und konnte einen Anflug von Ungeduld nicht verbergen. Er liebte sie, wie sie es verdiente, aber ihre Abwesenheit war nicht lange genug gewesen, um in ihm den Wunsch nach einem Wiedersehen zu wecken. Der Klang ihrer Stimme hatte genügt, um ihn aus dem heiteren Wohlwollen zu reißen, in das er alle Dinge und Menschen einschloß. Vielleicht wollte sie ihm sagen, daß er nicht allein reisen könne? Er würde auf jeden Fall wegfahren.

Frau Aghios war seine Stimmung wohl nicht ganz verborgen geblieben, sie fragte ihn verblüfft: «Gehe ich dir so auf die Nerven?» und machte Anstalten, sich umzudrehen. Das war ein schlimmer Augenblick.

Nein, das ging zu weit, Herr Aghios würde es nie zugestehen. Man konnte auf dieser Welt denken, was man wollte, aber man durfte seine Gedanken nicht verraten; sie konnten noch so schön und richtig sein, solange man sie geheimhielt, am Licht der Sonne besehen wurden sie beleidigend. «Ich hatte dich nicht erkannt!» sagte er sogleich. Und er nahm sie bei der Hand und zog sie an sich. Sie löste sich aus der Umarmung, denn ihre gute Erziehung verbot ihr, so etwas in der Öffentlichkeit zu erlauben. Er hatte sie auf Anhieb überzeugt, denn sie glaubte an ihren Mann. Dieser Glaube hatte Herrn Aghios früher überglücklich gemacht. Seit einiger Zeit ärgerte er ihn. Sie machte sich damit das Leben allzu leicht. Auch dieser Glaube hatte etwas Eisiges wie ihre ganze Beziehung.

Lächelnd meinte sie, sie sei ihm nicht nachgelaufen, um ihn nochmals zu sehen, sondern weil sie vergessen habe, ihm zu sagen, Frau Luisi lasse dem Juwelier in Venedig ausrichten, daß sie die Perlenkette behalte und daß Herr Luisi das Geld in den nächsten Tagen überweisen werde.

Dann fragte sie ihn, noch immer lächelnd:

«Hast du nicht vergessen, was du in der Brusttasche hast?»

Aghios legte unverzüglich die Hand darauf und erinnerte sich: «Keine Angst! Ich denke immer daran.»

Doch das glaubte sie ihm nicht, denn es war ihr nicht entgangen, daß er, um sich an die große Geldsumme zu erinnern, die er auf sich trug, die Brusttasche hatte berühren müssen. Und sie war besorgt um des Geldes, nicht um seinetwillen. «Ich bereue es sehr, dich allein reisen zu lassen.» Sie schaute sich unentschlossen um. Dann seufzte sie: «Aber jetzt ist es zu spät!»

Beide waren froh, daß keine Zeit mehr blieb. Herr Aghios war aber auch verärgert, weil er sich wie ein Kind behandelt fühlte. «Du glaubst vielleicht, daß ich das Geld verliere?» fragte er beleidigt. «Ich war zerstreut, weil ich mir gerade überlegte, ob ich in Triest für einen Teil unserer Schuld nicht billigeres Geld haben könnte.» Und während er sprach, betrachtete er den Kamin der jetzt weit entfernten Lokomotive, aus dem immer noch dichter Rauch quoll. Nun war es nur noch unförmiger Rauch, keine Köpfe, keine Bedrohung, kein Schreck.

«Es ist leichtsinnig, mit so viel Bargeld zu reisen», sagte Frau Aghios mit eindringlicher Stimme, die um Nachsicht bat.

Ja! Es war leichtsinnig. Am Vortag hatten sie beschlossen, eine Anweisung zu besorgen, auch um die Brusttasche zu erleichtern. Doch er hatte keine Lust gehabt, mit dem Geld zur Bank zu gehen, und hatte die Angelegenheit auf den Abreisetag verschoben. Dann waren aber, gerade als er aus dem Haus gehen wollte, drei Studienkollegen des Sohns zu Besuch gekommen. Der alte Herr hatte sich von ihren Zukunftsplänen gefangennehmen lassen, die sie jetzt nach der Ausbildung schmiedeten. Er hütete sich, den Mund zu öffnen, aus Angst, von diesen Neunmalklugen verbessert zu werden, doch er erinnerte sich, daß er nach Abschluß der Schule schüchterner, zögernder, ängstlicher gewesen war. Der eine konnte sich ins gemachte Nest setzen, war aber der Meinung, sein Eintritt bedeute einen Fortschritt für das Unternehmen. Der zweite, dem seine Familie nichts hinterlassen hatte, bereitete sich leichten Herzens auf die Auswanderung vor. Er erhob Anspruch auf eine ganze Reihe von Dingen, die Italien ihm nicht geben konnte. Der dritte verachtete die Politik zutiefst, gedachte aber, sich ihr zu widmen. Er war noch keiner Partei beigetreten und wollte sich Zeit zum Nachdenken lassen. Vorerst wollte er eine Staatsstelle antreten. Und der alte Herr Aghios dachte nicht nur, die Welt sei anders als zu seiner Zeit, sondern ließ sich dazu hinreißen, abzuwägen, welche der beiden Welten die richtige sei. Man kam nicht darum herum! Eine von beiden war falsch. Vielleicht war es ein Irrtum, doch in seiner Jugend hatte man ihm erklärt, auf der Erde sei nicht genug Freude, um alle zufriedenzustellen. Er hatte es geglaubt, und als er aus der Schule kam, hatte er schüchtern an die Tür der Welt geklopft und gefragt: «Ist für mich auch ein Plätzchen da? Werde ich es erobern können?» Das war die Welt von damals gewesen, auf der noch weniger Menschen lebten. War die Welt seither länger und breiter geworden? Der alte Herr hatte sich nicht gerührt und versäumt, die Bankgeschäfte zu erledigen, aus Groll, daß er in einer schwierigeren Welt geboren worden war.

«Jetzt ist es zu spät. Mach dir wegen des Geldes keine Sorgen. Leb wohl!» Und er gab ihr einen Abschiedskuß. Sie ließ sich auf die Wange küssen und küßte auch ihn auf die Wange. Er schaute sich um und suchte nach einem anderen Zeichen, um ihr seine Zuneigung zu zeigen. Und er hatte einen Einfall! Er nahm ihre rechte Hand und führte sie an die Lippen. Er war überglücklich, diese Idee gehabt zu haben. Die Einsamkeit, der er entgegenfuhr, würde durch diesen Abschied verschönert werden.

Er schickte sich an, in den Zug zu steigen, vergaß aber das Köfferchen, das der Gepäckträger neben ihm auf den Bahnsteig gestellt hatte. Sie hob es auf und reichte es ihm lachend. Zur Entschuldigung murmelte Herr Aghios: «Der Gepäckträger hat es da hingestellt. Ich konnte den Zug nicht finden...»

Frau Aghios lachte immer noch: «Und wie wirst du ohne Gepäckträger nach Triest kommen?»

Das Schicksal wollte es so! Sie sollten sich schmollend trennen.

Herr Aghios antwortete unwillig: «Schwierig ist es nur, den Zug zu finden. Danach steuere ich ihn ja nicht.»

Frau Aghios sagte weiterhin lachend: «Zum Glück!»

Zu einer Antwort blieb keine Zeit. Er hätte erwidern können, daß sie auch keinen Zug steuern konnte, daß das gar nicht so schwierig war, weil ja die Schienen dalagen, und daß das Köfferchen nichts Wichtiges enthielt, aber er sagte nichts. Es war besser, ihr noch einmal zuzulächeln und in Frieden wegzufahren. Doch in seinem Herzen hegte er Groll, und das war schlecht. Er stieg zögernd ein. Es war schwierig, im Gang des Wagens voranzukommen, doch Herr Aghios bahnte sich, den Koffer in der Hand, mit jugendlicher Entschlußkraft einen Weg bis zum nächsten Fenster, das er öffnete. In diesem Augenblick setzte sich der Zug in Bewegung. Herr Aghios rief seine Frau, die immer noch zur Tür schaute, durch die er verschwunden war. Lebhaft erwiderte sie seinen Gruß. Der Bahnsteig hatte sich geleert. Er wandte einen Moment lang die Augen von seiner Frau ab und schweifte zu der Stelle, wo das Gepäck der Bauern gelegen hatte. Das Gepäck war nicht mehr da; wer weiß, mit wieviel Mühe sie es in den Wagen geschafft hatten. Dann schaute er wieder zu seiner Frau hinüber, die das Taschentuch aus der Tasche gezogen hatte und ihm lebhaft zuwinkte. Er erwiderte ihren Gruß und warf ihr einen Kuß zu. Jetzt, da der fahrende Zug den Abstand zwischen ihnen vergrößerte, schien sie ihm wirklich hübsch mit ihrer schmalen, eleganten Gestalt, die das Alter, bei genauem Hinsehen, ein wenig ausgetrocknet hatte, und dem rosa Schleier auf dem Hut, der sich in der Brise bewegte. Während er sich seiner Einsamkeit näherte und ihre schlanke Figur betrachtete, bemühte er sich um klare, ehrliche Gedanken und dachte: «Je weiter ich mich von ihr entferne, desto mehr liebe ich sie.» Er hatte ein ruhiges Gewissen. In diesem Augenblick zumindest war er mit Gottes und der Menschen Gesetzen im reinen, weil er seine eigene Frau aufrichtig liebte.

Um sie noch länger zu sehen, lehnte er sich aus dem Fenster. Sah er richtig? Seine Frau legte in einer übertriebenen Geste die Hand aufs Herz. Es war unglaublich, daß sie, die doch immer ausgeglichen war, vor fremden Menschen auf so übertriebene Art den Schmerz des Alleingelassenwerdens ausdrücken wollte. Und doch schien es, als sei diese große Geste von Schreien begleitet.

Dann, als er sie schon nicht mehr sah, fiel ihm ein, daß sie ihn mit dieser Geste ermahnen wollte, auf das Geld in der Brusttasche aufzupassen. Gott sei Dank! Lächelnd berührte er gehorsam und energisch die Brusttasche, zur Erleichterung der Gewissensbisse, die er hatte, weil er seine Frau vor allem jetzt liebte, wo er sie nicht mehr sah. Die Brieftasche, von den dreißig Tausendernoten geschwellt, war da.

II. MAILAND–VERONA

Nun mußte er versuchen, sich einen Sitzplatz zu verschaffen. Es war für den Herrn nicht einfach, den Gang hinunterzugehen, während der Zug mit voller Geschwindigkeit fuhr, ruckte und sich in Kurven legte, die den Körper unweigerlich bald auf die eine, bald auf die andere Seite warfen. Herr Aghios ging entschlossen auf das nächste Abteil zu, wobei er rechts und links um Verzeihung bat. Und schon hatte er das erste Liebesabenteuer. Eine hübsche junge Frau trat zur Seite, um ihm, so gut es ging, Platz zu machen. Herr Aghios schenkte ihr ein Lächeln, das väterlich wirken sollte, dabei dachte er, es wäre nicht schlecht, wenn das Geschüttel ihn gegen sie drängen würde. Doch der rüttelnde Zug ließ ihn, als sei es Absicht, an die gegenüberliegende Wand prallen. Er lächelte der jungen Frau immer noch zu, doch sie sah ihn ängstlich, mit großen hellblauen Augen an, weil sie befürchtete, der dicke, unsichere Mann könnte auf sie fallen. Er war gezwungen, weiterzugehen und den blinden Gesetzen, die sich in den Dienst der Moral gestellt hatten, zuzulächeln. In anderen Fällen hatten dieselben Gewalten ebenso blind die Lust der Menschen begünstigt, wie in jener alten Geschichte von zwei Liebenden, die in einer mit Lebensmitteln versehenen Höhle von einer Lawine eingeschlossen wurden. Im Frühling dann die Überraschung, drei anstatt der zwei Lebewesen in der Höhle zu finden. Unmöglich! Die Dinge brauchen neun Monate, um heranzureifen.

Er erreichte das Abteil, das er angesteuert hatte, aber es war überbesetzt. Auf einer Seite saßen die Passagiere sogar zu fünft. Unter diesen fünf war eine elegante, aber nicht schöne Frau mit einem jener Hüte, die Stirn und einen Teil der Augen bedecken. Sie hatte sich leicht ausgestreckt: man sah ihre Beine in Seidenstrümpfen und die sehr kleinen Füße in schwarzen Lackschühchen. Herr Aghios, der sich, um dem Gedränge des Korridors zu entfliehen, in die Mitte des Abteils gestellt hatte und sich an der Eisenstange des Gepäcknetzes festhielt, warf keinen allzu langen Blick auf die Frau, denn er war damit beschäftigt, sich auf den Beinen zu halten. Doch seine unbequeme Lage hinderte ihn nicht daran, zu denken, daß Hüte, die Kopf, Stirn und Augen der Frauen bedecken, ein Ärgernis sind. Die Mode wurde von der Mehrheit gemacht, und so mußte man annehmen, daß die meisten Frauen schöne Beine und einen häßlichen Kopf hatten. Ein Ruck des Zugs zwang ihn, sich der Frau zuzuwenden, und er bemerkte, daß sie seinen unausgesprochenen Wunsch erfüllt und den Hut abgenommen hatte, der jetzt in ihrem Schoß lag. Nein! Ihr Gesicht war nicht schön, mußte es aber einmal gewesen sein. Ein Gesicht, vom Leben geprägt und verbraucht, in das ein harter Meißel starre Linien gekerbt und es langgezogen hatte. Die braunen Haare mit den gedrehten Locken fielen ihr auf die Ohren. Doch das Füßchen war hübsch, kleiner als das Lackschühchen.

Ein junger Mann (der fünfte in der Sitzreihe) stand auf und bot dem alten Herrn seinen Platz an. «Danke! Danke! Wozu denn?» sagte Herr Aghios. «Ich kann stehen.»

«Ich gehe in den Korridor», sagte der junge Mann. Er schenkte dem alten Herrn, dem gegenüber er sich so zuvorkommend benahm, kein wohlwollendes Lächeln. Beim Hinausgehen trat er der Frau auf den Fuß, den diese nicht rechtzeitig zurückgezogen hatte.

Herr Aghios setzte sich auf den engen Platz, der ihm neben dem Fenster überlassen worden war. Schade, daß der junge Mann (großgewachsen, braunhaarig, barsch) sein Geschenk nicht mit einem netten Wort begleitet hatte. Das wäre ein schöner Reisebeginn gewesen! Er durfte sich aber nicht beklagen, denn die Reise stehend hinter sich zu bringen hätte seinen alten Gliedern nicht gutgetan.

Um seinen Nachbarn, den er überhaupt nicht gesehen hatte, nicht zu stören, verharrte Herr Aghios eine Weile unbeweglich auf seinem Platz, das Gesicht dem Fenster zugewandt.

Zuerst dachte er an das Leben in diesem Abteil und an den mürrischen, nachsichtigen jungen Mann. Wirklich! In gewissen Situationen ist es schwierig, Sympathien zu bewahren. Selbst jetzt, wo er viel bequemer reiste, empfand er eine gewisse Abneigung gegen seinen Nachbarn, der ihn zwang, sich an das Fenster zu drücken. Es war einer jener Augenblicke, in denen man spürt, daß der Mensch mit seinem Bauch, den breiten Schultern und den harten Ellenbogen dem Nächsten ungeheuer lästig fällt. Der Kampf um den Raum ist unerbittlich. Aghios wollte sich die Freude nicht nehmen lassen und vertraute seine Sympathien einem Traum an, damit sie nicht ganz zerstört wurden. Der Zug der Zukunft würde eine höher entwickelte Menschheit befördern, er würde sich je nach Bedarf verlängern lassen, ohne deshalb anhalten zu müssen. Jeder Waggon wäre mit unbeschränkten Möglichkeiten ausgestattet. Ein Knopfdruck, und schon würden die Sitzplätze sich vermehren. Die Staatsbahnen würden Ritter erzeugen, nicht Flegel wie jetzt, und man müßte nicht mehr lächelnd einen Platz annehmen, der einem flegelhaft angeboten wurde.

Mit der Nase am Fenster mußte Herr Aghios schließlich notgedrungen die unendliche Landschaft anschauen, die am Zug vorbeiglitt. Die Ernte war eingebracht. Riesengroß türmten sich die Heuhaufen, der Vorrat, der dem Vieh mit seiner einfachen Küche ein ganzes Jahr reichen würde. Die Felder ruhten und warteten darauf, wieder bestellt zu werden. Herr Aghios dachte, daß seine Wünsche für eine gute Ernte zur rechten Zeit kamen. Jetzt begann sich das Schicksal des kommenden Jahres zu entscheiden. Als erstes sollte Regen fallen, so lange, bis die Erde aufgeweicht und zum Bearbeiten bereit war. Sie mußte genau die richtige Beschaffenheit haben: nicht zu hart, nicht zu weich. Und Herrn Aghios' gute Wünsche flossen großzügig, während er mit sechzig Stundenkilometern an den Feldern vorbeifuhr und sich einmal mit großer Mühe umdrehte, nicht um das Füßchen der Frau zu betrachten, das wohl immer noch in der Luft baumelte, sondern um auch jenen der anderen Seite seine guten Wünsche zukommen zu lassen. «Bringt Frucht, bringt Frucht in reichem Überfluß, damit diejenigen, die euch bearbeiten, ihren Lohn bekommen.» Dann zögerte er. Das traurige Gesicht eines Bauern fiel ihm ein, der ihm im Vorjahr gesagt hatte: «Dieses Jahr macht uns der Wein keine Freude, weil er zu reichlich ist.» Einerlei. In dieser Welt mußte man gute Wünsche aussprechen. Niemand kann dem Menschen dieses Recht nehmen, dessen Ausübung Herz und Lunge weitet. Zwar sind gute Wünsche der Ironie eines Spielers ähnlich, der sich vom Spieltisch erhebt und allen, die sitzen bleiben, viel Glück wünscht, doch in dieser Welt sind die Dinge nicht so offensichtlich, und man kann immer glauben, daß aus einer großen Anstrengung von Mutter Erde etwas Gutes erwächst.

Er richtete sich auf und sah den kleinen Fuß in der Luft. Die Frau war die dritte Person auf seiner Seite. Er konnte ihr Gesicht nicht direkt sehen, bemerkte aber, daß es sich auf eigenartige Weise in der Glasscheibe einer Photographie spiegelte. Wie schön es war! Der Widerschein des Abendlichts oder vielleicht auch die Photographie unter der Glasscheibe machten es vollkommener, milderten die Spuren der Zeit, es wurde zu einem Gesicht voller Nachdenklichkeit und Schönheit. Herr Aghios fühlte sich an ein berühmtes Porträt erinnert, doch da er deren viele gesehen hatte, konnte er es nicht genau bestimmen. Im Grunde genommen war es nur ein Bildnis und dem berühmten nicht einmal sehr ähnlich, aber Herr Aghios war glücklich, in seiner Gesellschaft zu reisen.

In der erst kurzen Trennung von seiner Frau war das sein zweites Begehren, also der zweite Ehebruch und die zweite Sünde. Jedesmal, wenn man eine Frau bewundert, begehrt man sie. Man stellt sie sich intelligent oder leidend vor, um diese Lippen, die man küssen möchte, begehrlicher zu machen. Die Sünde belastete ihn nicht sehr. Wenn man bald sechzig wird – zumindest hatte Herr Aghios für sich diese Erfahrung gemacht, und in seiner Einsamkeit neigte er zur Verallgemeinerung –, ist man sich bewußt, daß der Körper nicht mehr zu großen Widerständen fähig ist. Die Tatsache, daß man, selbst wenn Sünde erlaubt wäre, jetzt weniger sündigen würde als früher, beweist, daß alles davon abhängt, was möglich und was erlaubt ist. Und Herr Aghios hatte sogar einen hochphilosophischen Gedanken: «Wenn der liebe Gott uns geschaffen hätte, damit wir genauso handeln, wie er möchte, hätte die Schöpfung keinen Sinn gehabt. Er hat uns geschaffen und seither neugierig, doch nie zornig betrachtet.» Deshalb begehrte Herr Aghios die Frauen der andern, ohne Gewissensbisse zu haben.

Er war aber stolz darauf, daß er, ungeachtet dieses Begehrens, seine Frau nie betrogen hatte. Wie vorbildlich er doch gewesen war, sie trotz seiner Veranlagung nie wirklich betrogen zu haben. Jetzt, da er sich mit leichtem Groll von der Familie trennte, gestand er sich auch ein, dumm gewesen zu sein. Doch die Frauen – das wußte Herr Aghios – waren nie billig zu haben. Sie wollen Geld, das Herz, das Leben. Hingegen kostete es nichts, sie anzuschauen und sie zu begehren, und das war gewiß zu billig. Denn wenn eine Frau schön ist, schenkt sie viel, vor allen Dingen gibt sie dem Fremden und überhaupt allen ein Gefühl der Menschlichkeit. Ganz anders als der äffische Gruß zwischen Unbekannten! Es genügt, einige Monate isoliert in einem Land zu leben, wo man eine unverständliche Sprache spricht, von den Mitmenschen gemieden wird, nur weil sie einen nicht kennen und deshalb des Raubens und Mordens für fähig halten, um dann auf einmal, beim Anblick eines leuchtenden Auges, eines wippenden

Füßchens, einer ungewöhnlichen Haarfarbe, einer überraschenden Frisur zu spüren, daß man doch ganz dazugehört, Teil des Landes ist, dessen Bürgerrecht man als etwas völlig Natürliches beanspruchen kann. In jungen Jahren war so sein erster Blick einst wie der Anfang einer Beziehung gewesen. Ein begeisternder Anfang: Es war, als sei er ins Haus eines engen Freundes getreten, das zu seinen Ehren geschmückt war, mit einem riesigen Willkommensgruß an der Tür. Mit jenem Blick sagte Herr Aghios: «Ich kenne dich, weil du schön bist.» Und die kleine Engländerin antwortete in einer wunderbar verständlichen Sprache, will heißen mit einem Blick: «Wie liebenswert du bist, daß ich dir so gut gefalle. Liebenswerter als der, dem ich alles gegeben habe und der nicht mehr weiß, was er damit anfangen soll.» Nach einem solchen Blick kam Herr Aghios ohne Absinth aus, er fühlte sich im idealen Vaterland, wo alle sich verstehen und lieben.

Es war gut, daß die junge Engländerin keine andere Sprache kannte. Der Herr Aghios von damals, der jünger und deshalb tugendsamer war, fand das sehr gut. Denn wäre dem Blick das Wort gefolgt, hätte aus der idealen Heimat leicht ein sehr gefährlicher Wald werden können.

Er glaubte von sich, immer ein tugendhafter, monogamer Ehemann gewesen zu sein, der dem aufrichtigen Blick seiner Frau standhalten konnte. Sie lebte nicht in seiner Welt der Phantasie. Ihre Welt war die Wirklichkeit. Alles war klar getrennt, sie drang niemals in seine Träume ein, jetzt, auf der Reise, weniger denn je, denn Herrn Aghios'

Gedanken flogen, als habe sich der Zug in ein Flugzeug verwandelt. Ein einziges Mal dachte er an sie: «Sie tut mir leid! Hoffen wir, daß sie auch nicht an mich denkt.»

Außer der Frau befanden sich sieben Männer im Abteil, die Herr Aghios bis jetzt gar nicht gesehen hatte. Sein Nachbar war ein bleicher junger Mann, der eben erst von einer Krankheit genesen zu sein schien. Er war noch vom Leiden gezeichnet, hatte aber sonst den Körper eines starken, beweglichen, gesunden Menschen. Sein Sitzplatz war ihm zu eng. Er streckte bald den einen, bald den anderen Fuß unter den gegenüberliegenden Sitz, auf dem ein dicker Herr saß, der gelassen durch die Brillengläser blickte und entschieden hatte, diese Füße nicht zu bremsen, solange sie nicht an ihn stießen. Es war, als wollten sie ihm jedesmal einen Tritt versetzen, doch dann fanden sie ihren Weg zwischen seinen dicken Beinen hindurch, ohne sie zu streifen. Der dicke Mann (Herr Aghios sah ihn jetzt erst an) trug eine Brille mit ungewöhnlich dicken Gläsern. Das Licht brach sich daran und warf einen himmelblau leuchtenden Schatten auf seine Lider, so daß sein Gesicht dem des Mephisto in der Oper glich. Von diesen beiden Männern, dem gelassenen, der den Tritt erwartete, um sich beschweren zu können, und dem anderen, unruhigen und leidenden, gehörten dem Kranken Herrn Aghios' ganze Sympathien. Bewegung verschafft einem leidenden Körper Erleichterung; er bewegt sich, als ob er dem Schmerz entfliehen wolle. Jetzt versuchte der junge Mann, sich anders auszurichten, vielleicht, weil er die Drohung der dicken Brille und ihres Widerscheins fühlte. Er schaute hinter sich auf die weiche Lehne, wo er seinen Kopf hinlegen wollte, die aber von Herrn Aghios' breiten Schultern verdeckt war. Herr Aghios verstand den Wunsch, als habe der junge Mann ihn laut geäußert, er rückte zur Seite und setzte sich so hin, daß der müde Kopf die Lehne erreichen konnte. Dann sagte er beflissen: «Bitte, bitte, ich setze mich anders hin!» Er preßte den Kopf ans Fenster und richtete auch die Brust parallel dazu aus. Der junge Mann murmelte ein inbrünstiges «Danke» und ließ seinen Kopf unverzüglich auf die Kopflehne sinken. Dann vergrub er ihn wieder in den Händen, die Arme auf die Knie gestützt. Doch Herr Aghios, der mit der Nase an der Scheibe klebte, sah ihn nicht mehr, denn mit jeder weiteren Höflichkeit dachte er intensiver an die Freude dieser Reise, und es war, als fahre die Lokomotive vergnügter und schneller.

Aber auch dieser Gedanke war nicht frei genug, denn er diskutierte wieder über die Freiheit, die Frauen der anderen zu lieben. Mit wem? Nicht mit seiner Frau, die in seinen Träumen nie ein Wort sagte, sondern mit jenem nicht genau faßbaren Wesen, das doch irgendwo existieren mußte, im Äther vielleicht, und das, wie man annimmt, überall ist und über die moralischen Gesetze wacht.

Heute ist es wissenschaftlich erwiesen, daß die alten Männer die jungen, schönen Frauen dringender brauchen als die jungen Männer. Der Beachtung dieser Notwendigkeit steht außer dem veralteten moralischen Gesetz natürlich auch im

Weg, daß die jungen, schönen Frauen frei über sich verfügen können. Vielleicht im Widerspruch zur Gerechtigkeit, denn Jugend und Schönheit bereiten nicht auf die Freiheit vor. Die jungen Wesen sind zu wertvoll und werden manchmal viel ungerechter verteilt als Gold. Sie lassen sich auch durch einen gut pomadisierten Schnurrbart erobern. Den Alten geben sie sich nur in ganz seltenen Fällen hin: Gerontomanie. Aber wenn zutrifft, was Woronoff und Stirnach behaupteten? Um in alten Körpern Erinnerung, Aktivität und Leben wiederzuerwecken, wäre ein wunderschönes Mädchen oder, besser gesagt, ein wunderschönes Mädchen pro Woche geeigneter als ihre Methode. Schon die alten Juden waren dieser Meinung; sie boten König David ein schönes Mädchen an, um ihn am Leben zu erhalten. Aber er wollte sie nicht anrühren und mußte elend zugrunde gehen.

Aghios wollte gerecht sein, und kaum dachte er an die Gerechtigkeit, fiel ihm seine Frau ein. Auch sie, mit ihrem immer noch frischen Gesicht, der schlanken Gestalt, dem roten, in der Abendbrise flatternden Band, das ihn am Bahnsteig in Mailand bezaubert hatte, konnte einem anderen (nicht ihm) noch ein wenig Leben schenken und empfangen. Doch sie alterte stärker als er, weil ihr das freie Denken fehlte. Sie tat ihm leid! Er hatte ihr freies Denken nie gefördert. In der Vergangenheit hatte er im Gegenteil alles getan, um es ihr wegzunehmen. In der ersten Zeit ihrer Ehe war er hart und herrisch gewesen. Nun plagte ihn das Gewissen! Man sollte nie Strafpredigten halten, weil es einem später leid tut. Die andere Person bietet

Widerstand, und das ist schlecht. Oder sie gibt nach und fügt sich unserem gebieterischen Willen, und das ist noch schlimmer. Aber wenn sie jetzt genauso frei dachte wie er? Es konnte ja sein, daß er ihr freies Denken nicht bemerkte, wie sie es in ihm nicht vermutete. Vielleicht hielt auch sie ihn für bedauernswert leichtgläubig und deshalb als gefühllos und träge. Wenn er seinem Sohn einen Rat geben könnte und sein Sohn von ihm einen Rat annehmen würde, dann würde er ihm vor der Heirat ans Herz legen: «Erziehe deine Frau nicht zu sehr und forme sie nicht nach deinem Willen, denn es könnte dir gelingen.»

Sein Sohn würde ihn mit eiskalter Miene, die auch Achtung bedeuten konnte, anschauen und denken: «Wie eingebildet diese Alten sind. Sie glauben, alle seien wie sie, und empfehlen allen dieselben Abführmittel, die ihnen guttun.» Er hatte das schon einmal gesagt, und das Schlimme an der Sache war, daß er damals im Recht war. Danach war es nie wieder vorgekommen, doch der alte Herr Aghios glaubte zu Recht, daß der Satz noch oft wiederholt werden würde.

Erneut stieg Groll in ihm hoch! Aber der gehörte nicht in diesen Zug, und er wies das Gespenst der Frau und des Sohns zurück. Er wollte sein Leben leben und seine Reise machen.

Der Zug hielt an einem unbedeutenden Ort an, dessen Bahnhof sich auf der anderen Seite befinden mußte. Auf Herrn Aghios' Seite scharrten einige Hühner im Gras, die den Zug, der in diesem Augenblick neben ihrem Stall angehalten hatte, kaum bemerkten. «Wie weise sie sind!» dachte

Herr Aghios. «Dieser Zug gehört in bestimmten Stunden zu ihrem Leben. Sie werden denken, es sei immer derselbe.» Dann fiel ihm ein, daß auch die Menschen sich nicht verstanden, wenn sie nicht miteinander redeten, wie er und seine Frau, mit all den freien, stolzen, aber geheimen Gedanken, die er hatte und die vielleicht auch seine Frau hatte, und mit großem Vergnügen versuchte er zu ergründen, was wohl die Hühner von ihrer Beziehung zu den Menschen hielten. Es schien ihm, eins der Hühner schreie ihm von der Wiese zu: «Wehe uns, wenn der Mensch nicht wäre.» Das Huhn mußte an die Zuneigung des Besitzers glauben, weil er es fütterte, und wenn es von ihm geschlachtet wurde, schied es in der Überzeugung aus dieser Welt, der Mensch, sein Freund, sei wohl verrückt geworden.

Er merkte, daß er bequemer saß. Auf dem kleinen Bahnhof hatte sich das Abteil geleert, nun waren sie nur noch zu viert. Geblieben war der starke, bleiche Jüngling, der die Gelegenheit benutzt hatte, sich in die von Herrn Aghios am weitesten entfernte Ecke zu kuscheln und die Beine auszustrecken. Auf der andern Seite war ein Mann, der sich eine Zeitung besorgt hatte und sie vor die Nase hielt, so daß Herr Aghios sein Gesicht nicht sehen konnte. Herrn Aghios direkt gegenüber saß nach wie vor der dicke Mann, der die Brille mit den starken Dioptrien trug.

Die einzige Frau zuvor im Abteil war nicht mehr da. Auch sie war ausgestiegen, um den kleinen Bahnhof zu bevölkern. Ohne ihr hochgehaltenes Füßchen fehlte den im Abteil versammelten

Männern jede Verbindung. Sie waren ausdruckslose, stumme Fremdlinge geworden.

Herr Aghios betrachtete für eine Weile sein Visavis. Er entdeckte seinen eigenen Kopf, der sich in der verglasten Photographie über dem seines Gegenübers wie in einem Spiegel zeigte. Er musterte sich aufmerksam. Hoffnungslos alt mit der zu hohen Stirn und dem ungepflegten, ein wenig zu großen Schnurrbart. «Der Schnurrbart» (hatte ihm sein unverschämter Sohn gesagt) «ist typisch für Tiere, die sich in Löchern einnisten; er warnt sie, wenn das Loch enger wird, und bewahrt sie davor, sich zu erdrosseln.» – «Sehe ich vielleicht wie ein Tier aus?» fragte sich Herr Aghios, während er sich prüfend betrachtete. Er und sein Spiegelbild schauten sich argwöhnisch an. Ja, das war eine einfache Beziehung! Es war der einzige Fall, in dem man, ein Gesicht betrachtend, vollkommen sicher wußte, was es ausdrückte. Und doch glich dieses Gesicht dem eines Tieres mit Schnurrbart, das entmutigt war, weil ihm wider Erwarten ein weniger schönes Abbild entgegensah. Anderseits schwellte sich Herrn Aghios' Brust vor Stolz, weil er in diesem Augenblick entdeckt hatte, welches die einzige wahrhafte Beziehung in der großen weiten Welt war. Nur zweifelte er daran! Gab es sie wirklich? Und er verzog sein ganzes Gesicht: eine Grimasse der Verachtung gegenüber dem eigenen Abbild, die ihm im selben Moment zurückgegeben wurde.

Der dicke Herr schaute ihn an, die Augen von der Brille vergrößert; auch er war mißtrauisch geworden. «Ich glaube, ich habe mir das Gesicht mit der Tinte des Farbbands der Schreibmaschine verschmiert», sagte er, während er ein Taschentuch hervorzog und errötete. Er war wohl schüchtern.

«Nein!» rief Herr Aghios verwirrt und betrachtete den bläulichen Schimmer unter den Augen seines Gegenübers. «Ich schaute mich selbst in der Glasscheibe an. Auf Reisen sehe ich immer sonderbar aus.» Und während er die glattrasierten Wangen des dicken Mannes musterte, auf die der starke Bartwuchs einen Schatten warf, fügte er bei: «Ich sehe keine Spur von Flecken auf Ihrem Gesicht.»

Er log. Es genügte, sich unter Männern ein einziges Wort zu sagen, und schon lief man Gefahr, lügen zu müssen. Nur Unbekannte lebten in der Wahrheit. Der bläuliche, vom Taschentuch nicht erreichbare Schatten, der sich je nach Lichtbrechung verschob, war wirklich auf dem Gesicht, aber man erwähnte ihn besser nicht. Selbst auf Reisen verlor man also seine Freiheit. Wie in allen Dingen, ist auch beim Reisen der Anfang das Schönste. Wenn man wegfährt, befreit man sich augenblicklich vom Knäuel der großen und kleinen Angelegenheiten, mit denen das Leben randvoll angefüllt ist. Für einen Augenblick atmet man frei. Man stützt niemanden und wird von niemandem gestützt. Doch mit der ersten unverdienten Freundlichkeit (der Schatten auf dem Gesicht war wirklich da!) baut man wieder auf, was einen an der Bewegungsfreiheit hinderte. Man gibt Halt und bittet um Halt. «Keiner wird behaupten können, ich hätte das gesagt, um dem Dicken da eine

Freude zu machen. Ich fühle mich ganz einfach besser, wenn ich etwas Freundliches sage.»

Der Dicke sagte ebenfalls etwas Freundliches: «Ich weiß nicht, was Sie so sonderbar an sich finden. Mir fällt nichts auf. Wirklich nicht!» Pedantisch skandierte er jede Silbe. Damit schob sich auch unter Herrn Aghios' Achsel eine Krücke. Es war ihm nicht recht gewesen, daß er sich, um der guten Erziehung willen, gezwungen gesehen hatte, dem andern mit einer Lüge eine Stütze zu geben. Jetzt aber fühlte er sich durch die Freundlichkeit, die er empfangen hatte, erleichtert. Mit einem Seufzer der Erleichterung trat er wieder in die menschliche Gesellschaft ein, ohne zu bemerken, daß auch diese Stütze auf einer Lüge beruhte, die ihn allerdings nicht schmerzte, weil nicht er sie erfunden hatte. Und doch hätte er sich erinnern müssen, daß ihm kurz zuvor das eigene Gesicht mit dem großen Schnurrbart sonderbar, gar tierisch vorgekommen war.

Er dankte und hätte mit dem Mann, der ihm ein Kompliment gemacht hatte, gern ein Gespräch angeknüpft. Aber er fand kein Thema. Die ersten Worte, die sie gewechselt hatten, betrafen einen Körperteil. Wenn es so weiterging, würden sie sich bald wie Hunde beschnuppern.

Herr Aghios schaute sehnsüchtig zum überfüllten Korridor, wo geraucht, geplaudert und gelacht wurde. Er hätte gewettet, daß sein schönes Mädchen mit den blauen Augen noch dort war; sonst wäre die Stimmung nicht so fröhlich gewesen und die Männer hätten sich in das halbleere Abteil gesetzt. Aus Trägheit rührte er sich nicht, obwohl er den Wunsch dazu verspürte. Als er die Augen von der Tür abwandte, bemerkte er, daß man sich in der anderen Ecke des Abteils lebhaft unterhielt. Einer der jungen Männer, der Kranke, beugte sich vor, um sein Gegenüber zu verstehen; seinem abgemagerten Gesicht war anzusehen, daß man ihn zu einer unangenehmen Anstrengung zwang.

Der andere hingegen genoß es offensichtlich, eine Predigt zu halten. Er war ein junger Mann ungefähr im Alter von Herrn Aghios' Sohn. Wie dieser war er blond, und da war noch eine andere Gemeinsamkeit, die Herrn Aghios erstaunte. Er redete über etwas, worüber Herr Aghios kürzlich seinen Sohn hatte reden hören. Auch auf Reisen sah man sich mit bekannten Dingen konfrontiert, die zu Hause schon zuviel Raum einnahmen, weil die Mode gleichzeitig in Häusern und Zügen um sich griff. Der Student sprach über die Ursache von Nervenkrankheiten und deren Behandlung durch die Psychoanalyse. Herr Aghios hörte ihn sagen: «Der Ursprung der Krankheit liegt in einer seelischen Verwundung in der frühen Kindheit, die man verdrängt, um nicht darunter zu leiden. Wenn sich die Krankheit so stark äußert, muß die Verwundung auf die frühe Kindheit zurückgehen.»

Das alles wußte Herr Aghios schon. Als es ihm sein Sohn mit gelehrter Miene gesagt hatte, als sei es seine Erkenntnis, hatte Herr Aghios friedlich zugestimmt. Auch ihm war klar, daß die Verwundung, die man in der Entwicklungszeit erlitt, sich mit der Entwicklung verstärkte. Die Unwissenheit des Kindes verleiht der Kränkung zudem übermäßiges Gewicht. Jetzt aber, in der Freiheit des Reisens, lehnte sich Herr Aghios auf. Wie konnte man so etwas behaupten? Jede Wunde schmerzt, und jede Wunde wird mit der Zeit brandig und dehnt sich aus. Litt er nicht, mit fast sechzig Jahren, an jeder Kränkung, die ihm andere zufügten, und an jedem eigenen Zweifel? Das Fleisch des Menschen, das größtenteils aus Wasser besteht, ist wenig widerstandsfähig, und die Unwissenheit begleitet uns bis zum letzten Atemzug; sie ist groß genug, um uns Dingen Bedeutung beimessen zu lassen, die überhaupt keine haben, und sie als schwer, quälend, als Ursache von Unbehagen und Krankheit zu empfinden. Gewiß, die Zeit spielt eine Rolle, und die längste Zeitspanne liegt zwischen Kindheit und Tod. Deshalb könnte man sagen, daß die Erlebnisse der Kindheit am längsten nachwirken und die schlechten Erlebnisse dieses Lebensabschnitts die gefährlichsten sind. Es sind kleine Erfahrungen der Kinder, die im Erwachsenenalter zu großen, bedrückenden Problemen werden.

Der junge Mann fuhr fort: «Später kann ein zweites Erlebnis dazukommen und das erste verschärfen, aber nie kann es für sich selbst Bedeutung erlangen.»

Herr Aghios war drauf und dran, seinen Protest herauszuschreien, ungeachtet seiner Entfernung vom Prediger, die ihn hätte bremsen müssen, und trotz des ohrenbetäubenden Lärms im Zug. Bei seinem Sohn hatte er geschwiegen, aber hier bestand kein Grund dazu. Hier herrschte die große Freiheit des Reisens.

Doch in diesem Augenblick ließ der junge, leidende Mann, der mühsam zugehört hatte, den Kopf auf die Kopflehne zurücksinken, so daß sich der Abstand zu seinem Gesprächspartner vergrößerte: «Ich werde mit dem Gemeindearzt darüber sprechen.» Er war müde und bedeckte die Augen. Die verkrampfte Haltung hatte ihn wie seekrank gemacht.

Der Prediger schien für eine Weile erstaunt und beleidigt. Herr Aghios mußte an sich halten, um nicht zu lachen. Über so etwas mit dem Gemeindearzt sprechen? Sicher war der Prediger nicht Arzt, aber auch nicht Gemeindearzt, und glaubte deshalb, mit größerem Recht von Wissenschaft zu reden.

Kurz darauf erhob sich der junge Mann, ergriff sein Köfferchen, trat auf den Korridor hinaus und machte sich bereit, beim nächsten Halt auszusteigen. Als der Zug hielt, sah ihm Herr Aghios nach, um zwei Dinge festzustellen. Erstens wollte er wissen, ob er tatsächlich ausstieg oder ob er nur das Abteil verlassen hatte, wo ihm ein Gemeindearzt vorgezogen worden war. Er stieg wirklich an einer kleinen Station aus. Herr Aghios sah ihn langsam und selbstbewußt dahingehen und in dem Bahnhofgebäude verschwinden, dem Tor des kleinen Ortes, durch das nun die große Wissenschaft der Psychoanalyse Einzug hielt. Dann blickte er den Korridor hinunter, in der Hoffnung, die junge Frau mit den hellblauen Augen wiederzusehen, die er fast umarmt hätte. Sie war nicht da. Was machten denn all die Männer, die sich hier draußen aufhielten? Da er nun schon im Korridor war, wollte Herr Aghios entschlossen erscheinen und steckte sich eine Zigarette an inmitten dieser Männer, die stehend darauf warteten, ans Reiseziel zu kommen. Er hatte keine Lust, mit ihnen zu sprechen, weil er sich im Korridor wie auf der Straße fühlte. Er war nicht in der eigenen Gesellschaft, im eigenen Abteil. Er blickte aus dem Fenster und begann die Telegraphenmaste zu zählen, die vorüberglitten. Dann zählte er sie lange nicht mehr und war sich bewußt, daß seine Gedanken vollkommen ruhten und er hinausschaute, ohne zu sehen. Die Masten, die Landschaft und auch ein Teil des Lebens fliegen vorbei, ohne daß wir sie sehen oder fühlen. Als er wieder zu sich kam, zweifelte er, daß so etwas möglich war, aber er glaubte nicht, in dieser Zeitspanne irgendeine Erinnerung oder einen Gedanken gehabt zu haben. Vielleicht als Beweis, daß seine Gedanken wirklich vollkommen geruht hatten, trat Herr Aghios, wiedererwachend, mit einem kurzgefaßten Urteil in seine Welt zurück: «Ich bin ein alter Mann, der niemanden lieben würde und den niemand lieben würde, wenn nicht ich selbst lieben würde und von mir geliebt würde.» Man mußte die Welt aufhellen, in die man zurückkehrte. Er lächelte, weil er keine Bitterkeit empfand. So standen die Dinge eben, und daraus ergab sich eine angenehme Situation, wie sie seinem Alter entsprach. Zudem mußte seine Behauptung gemildert werden: Man konnte nicht sagen, daß er jemand Bestimmten liebte, seine uneingeschränkte Liebe galt allem Leben, den Menschen, den Tieren, den Pflanzen, allen namenlosen und deshalb um so liebenswerteren Dingen. Wenn die Menschheit nicht auch aus schönen Frauen bestünde, hätte er den Tod wirklich mit der Abgeklärtheit eines Heiligen erwarten können. Als er die Zigarette zu Ende geraucht hatte, kehrte er an seinen Platz zurück, im Bewußtsein, eine lange Reise unternommen zu haben, die in der kurzen, eben erst begonnenen Reise eingeschlossen war. Diese Reise hatte ihn ermüdet, und er setzte sich mit einem Seufzer der Zufriedenheit.

Sein Visavis wollte sicher das Gespräch wiederanknüpfen. Der dicke Mann hielt eine halbe Toscano-Zigarre in der Hand, zeigte darauf und schaute ihn mit seinen großen, von der Brille erhellten Augen an: «Sie sind in den Korridor gegangen, um zu rauchen; hätten Sie etwas dagegen, wenn ich diese halbe Toscano am Platz rauche? Der Herr da hat es mir schon erlaubt.»

Was das Rauchen doch bewirken kann! Besonders in einem Nichtraucherabteil. Es brachte das Sozialleben selbst zwischen Unbekannten in Gang wie bei den Hunden, wenn auch weniger begeistert.

Ebenso freundlich gab Herr Aghios seine Zustimmung, ja, er wollte noch freundlicher sein, indem er dem freundlichen Wort eine freundliche Tat folgen ließ. Obwohl er eben erst geraucht hatte und jetzt keine Lust dazu verspürte, zog er eine zweite Zigarette aus der Tasche und sagte lächelnd: «Ich werde auch von meiner Erlaubnis profitieren.» Doch er fand die Streichhölzer nicht. Er mußte die drei Taschen des Übergangsmantels durchsuchen, drei Taschen der Jacke (nicht vier, denn die innere Brusttasche war so prallvoll, daß Herr Aghios sich augenblicklich an das Geld erinnerte), die zwei Taschen der Weste und die beiden der Hose. Der dicke Herr war nochmals sehr freundlich und reichte ihm ein brennendes Streichholz.

Herr Aghios dankte ihm geradezu gerührt. Der andere lächelte ihm zu, antwortete jedoch nichts, weil er sehr beschäftigt war mit seiner wohl etwas feuchten Toscano.

Dann aber belebte sich das Gespräch. Herr Aghios, der sich an seine Frau erinnert hatte, die immer sagte, Frauen hätten zu wenige und Männer zu viele Taschen, begann laut zu lachen und mußte seine Heiterkeit erklären.

Sein dicker Reisegefährte lachte eher aus Gefälligkeit denn aus einem wirklichen Bedürfnis. Dann widersprach er. Er war mit der Bemerkung nicht einverstanden: «Ich weiß immer, was sich in jeder einzelnen meiner Taschen befindet. Wollen Sie meine Fahrkarte? Da ist sie! Mein Spiegelchen? Die Lesebrille?» Auch die hatte sehr dicke Gläser. Er bestand auf Ordnung, vielleicht wegen seiner sehbehinderten Augen. Er hatte eine Menge Dinge, der Herr, wie ein wandelnder Kasten, und alle befanden sich an ihrem Platz. Die Idee, in den Taschen Ordnung zu halten, gefiel Herrn Aghios, und er beschloß, sie zu übernehmen. Ja, er würde sogar in eine der Taschen eine Liste stecken mit dem Plan der Taschen und den numerierten Gegenständen, die sie enthielten. Er war gut gelaunt und nahm es seinem Freund nicht übel, daß er die Geldbörse nicht gezeigt hatte. Auch er hatte die Brusttasche nicht angerührt. Es ist ein schönes Gefühl, sich schlau zu finden.

Um dem Herrn zu versichern, daß er nicht über ihn gelacht hatte, dachte sich Herr Aghios etwas Freundliches für ihn aus. Es fiel ihm ein, daß sich alle Toscano-Raucher damit brüsteten, soviel Gift zu vertragen. In Wirklichkeit bewunderte er sie nicht besonders, denn er wußte, daß man den Rauch der Toscano nicht in Bronchien und Lunge einsog, sondern ausstieß, sobald man den Geschmack im Mund spürte. Aber es lohnte sich zu lügen, um sich eine freundliche Atmosphäre zu sichern. Und er sagte: «Wie können Sie nur das ganze Gift ertragen?»

Sonderbar! Der andere faßte das nicht als Kompliment auf. «Ich glaube nicht, daß ich mich mehr vergifte als Sie mit Ihren Macedonias. Sie haben eben erst eine geraucht und sich schon die nächste angesteckt. Das ist meine dritte halbe Toscano heute, und bis nach dem Abendessen rauche ich keine mehr. Ich weiß, wie das mit den Macedonias ist. Ich wette, daß Sie pro Tag vierzig Zigaretten rauchen!»

Das stimmte nicht. Die Zigarette, die er im Mund hielt, hatte Herr Aghios aus gesellschaftlichen Gründen angesteckt, sonst hätte er für lange Zeit ohne auskommen können. Doch Freundlichkeit geht über alles! Er log ein zweites Mal und nickte, aber seine Lüge wurde ihm augenblicklich bewußt.

Eigenartig! Unbekannte belog man ziellos, ohne wirkliche Absicht. Mit Unbekannten kam man nie wirklich überein. Auch im Umgang mit

Menschen, die man sehr gut kannte, herrschten oft Mißtöne, aber nicht solche. So war es ein Wirrwarr von Tönen wie im Orchester, wenn jeder einzelne Musiker sein Instrument einspielt, hinhört und anpaßt. Unter Menschen, die sich kannten, richtete sich die Lüge nach den Umständen, um glaubhafter zu sein. Im fahrenden Zug entsprang sie einer Laune, nicht bewußter Anstrengung und feiner Kopfarbeit. Herr Aghios berührte den Mund, um ihn zu bremsen und ihm diese Freiheit zu nehmen. Er wollte ernsthaft, vollkommen ernsthaft durch die Welt gehen, nicht mit verfälschenden Worten, die Steinen glichen, die ein Lausbub aus reinem Bewegungsdrang warf, ohne sich zu kümmern, wohin sie flogen, vielleicht ins Auge des Nachbarn. Es war schwieriger, unter Unbekannten die Würde zu bewahren, und ihm war ein Fehler unterlaufen, weil er nicht an die Freiheit gewöhnt war, wie die Kettenhunde, die, kaum sind sie frei, den Garten verwüsten.

Im Innersten fühlte er eine Verlegenheit, und um sich zu bewegen und davon zu befreien, öffnete er das Fenster und kaufte eine Orange. Eine Lira! Er hatte keinen Hunger, weil er kurz vor der Abreise aus Mailand gegessen hatte. Wenn er aber Durst bekommen sollte, war es gut, eine Orange in der Tasche zu haben. Eine Lira, eine ganze Lira!

Der dicke Herr war immer noch damit beschäftigt, an seiner Toscano zu ziehen, er kniff hinter den dicken Brillengläsern die Augen zusammen, um die Zigarre besser zu sehen. Doch er mußte Herrn Aghios' Kauf beobachtet haben, denn er murmelte: «Eine Lira für eine Orange.

Wenigstens verliert man bei diesem Preis keine Zeit. Man bezahlt die Lira und braucht nicht auf sie zu warten.»

«Und auch der Zug wird nicht aufgehalten», sagte Herr Aghios und dachte sogleich, daß man unter Unbekannten mehr unnütze Worte sagte als unter Freunden. Hätte man also schweigen sollen?

Der andere hatte keine Skrupel, denn er begann ausschweifend von den tiefen Preisen in seiner Jugendzeit zu erzählen. Er tat es mit einer Zärtlichkeit, als handle es sich um liebe Verwandte, die gestorben waren. Und trotz der Skrupel, die er hatte, redete auch Herr Aghios über alte Erinnerungen. Nach den ersten Worten fühlte er sich in eine andere Zeit versetzt und vergaß fast, daß er eigentlich Preise vergleichen wollte.

Ein heller Augustmorgen auf der schönen Straße, die von Tricesimo nach Karnien führt. Er und ein Freund, ein Maler, in einem kleinen Wagen; das vorgespannte Pferd hat die üble Angewohnheit, den Trott zu verlangsamen, um besser zu hören, was hinter ihm gesprochen wird. Man nimmt keine Geißel, denn in der weiten grünen Landschaft des Friaul, mit den baumbestandenen Hügeln in der Stille des sonnigen Morgens, ist Zorn nicht angebracht. Die beiden jungen Männer sind in ihrer Freude gutmütig und lieben das Pferdchen, das sie, zusammen mit dem Wagen, für einen ganzen Tag zwei Lire kostet.

«Das ist nicht viel, aber auch nicht wenig», sagte belehrend der andere. «Auch heute noch in der Brianza, im Winter...»

Herr Aghios nahm die Unterbrechung gelassen

hin. Alle seine Gedanken waren nun in einem kleinen Ort Karniens, in Torlano, einem Ort, der ihn damals, als er diesen ihm unbekannten Teil des Friaul zum ersten Mal sah, weder friaulisch noch italienisch anmutete. Die steilen, fast senkrechten Dächer der Häuser schienen wie geschaffen, um Häuser im Norden zu decken. Herr Aghios erinnerte sich nicht an Einzelheiten, doch das Ganze stand ihm deutlich und heiter vor Augen, mit viel südlicher Farbe auf den fast gotischen Linien. Neben ihm der Maler, mit halbgeschlossenen Augen, beide in ihrer Bewunderung vereint, die innigste aller menschlichen Vereinigungen. Es gab auch einen Wildbach, beeindruckend mit den hellblauen Streifen im stellenweise sehr tiefen Wasser und durch sein ungestüm von den Bergen herabstürzendes Wasser. Das alles verschwieg Herr Aghios, weil es nicht in die Welt des Herrn mit den dicken Brillengläsern gehörte.

Doch er erzählte ihm, daß er und sein Freund in diesem Juwel des Friaul ihre Begeisterung bei einer Vesper bekräftigt hatten. Eine Vesper mit mehreren Gängen. Zuerst eine herrliche Milch mit etwas Kaffee, hausgemachtes, noch warmes Brot und echte Butter, mild und doch leicht herb im Geschmack. Der Appetit wuchs, und es kamen zwei Spiegeleier. Dann ein wenig zarteste Salami, die noch frisch und noch nicht festgefügt war. Frisch war auch der Käse, der folgte, und der alte Herr Aghios wußte, daß gereifter Käse gut ist, daß aber auch der ganz junge seine Vorzüge hat. Die Vesper schloß mit einer Flasche Wein aus Torlano. Oh, der Wein aus Torlano! Gelb und von innen heraus leuchtend, lebhaft wie das Wasser von Torlano, das frisch von den Bergen heruntersprudelte. Der alte Mann war ganz verzaubert in der Erinnerung an diese Jugendaugenblicke und an jenen alten Wein (er war drei Jahre alt, drei lange Bergjahre). Die eigene frische Jugend fiel ihm ein, die ihm dank dem großen Triestiner Maler, der so früh verstorben war und der wußte, wie Manet die Brücke von Torlano gemalt hätte, so ideal erschien. Doch in Torlano, wo die Berge über allem thronten, hätte die Brücke nicht allein das Bild beherrschen können. Alles war verschwunden. Torlano konnte unmöglich weiterbestehen, wo doch der Maler gestorben war, der es geküßt hatte. Und er lebte und sah sich noch immer sehr ähnlich, aber nicht ähnlicher als eine Photographie im Vergleich zu etwas Lebendigem. Und jetzt, wo er zurückschaute, war er unbeweglich wie eine Photographie. Sich erinnern scheint keine wirkliche Tätigkeit zu sein. Man läßt die Erinnerung starr über sich ergehen. Erinnernde und Erinnertes erstarren.

Sein Reisegefährte rief ihn in den Zug, in die Bewegung, zurück. «Die Rechnung war bescheiden?» Der alte Herr spürte, als er wieder zu sich kam, den fahrenden Zug, der ihn sich nach vorne beugen ließ.

Aghios lächelte. «Ich habe noch nicht alles erzählt. Auch das Pferd bekam seine Vesper: Mais, weil kein Hafer da war. In einem weiten Hof (an Platz fehlt es in Torlano nicht) wurde der Wagen sorgfältig gewaschen, denn er war schmutzig, weil der Maler ihn gelenkt hatte und manchmal neben der Fahrspur gefahren war.»

«Also!» sagte der dicke Mann. «Wetten, daß ich errate, wie hoch die Rechnung war. Zwei Lire, höchstens zweieinhalb.»

«Sie täuschen sich um eine ganze Lira», sagte Herr Aghios.

Der andere tat, als glaube er das nicht. Er schien auch widersprechen zu wollen. Dann begnügte er sich damit, nachzurechnen, und murmelte: «Zwei Tassen Milch, Brot *à volonté*... vier Spiegeleier... zwei Portionen Käse. Eineinhalb Lire scheint mir wenig.»

Herrn Aghios, der Ehrlichkeit zwar sehr schätzte, schien der Einwand unhöflich und auch unvorsichtig. Was konnte er schon von den Preisen in Torlano im Jahre 1893 wissen?

Und er fügte bei: «Ich war über diese Rechnung so erstaunt, daß ich dem Maler vorschlug, eine ganze Lira Trinkgeld zu geben, dann hätte die Vesper genau soviel gekostet, wie Sie sagen. Doch der Maler zwang mich, nur zwanzig Centesimi Trinkgeld zu geben, denn sonst, meinte er, würde ich die Welt verderben. Ich tat, was er sagte. So ist Torlano um seine Lira betrogen worden, und die Welt ist, wie man sieht, trotzdem verdorben.»

Zum Glück pflichtete sein Gesprächspartner dieser Bemerkung lebhaft bei und lachte sogar, weil eine sehr richtige Bemerkung immer zum Lachen reizt. Er wollte aber doch seinen Kommentar dazu geben und sagte: «Wer weiß, ob Torlano auch so verdorben ist?»

«Ich hoffe nicht», sagte Herr Aghios inbrünstig. Und er dachte nicht an die Preise, sondern an das im Kanalbett dahinfließende Wasser, das sein sanftes Lied sang, an die Brücke und an die großen Häuser, in denen einfache Menschen wohnten, die sich aber von guten Dingen nährten.

Die beiden waren sich mittlerweile nahe genug gekommen, um sich einander vorzustellen. «Ernesto Borlini, Buchhalter.»

Borlini wunderte sich, als er den Namen Aghios hörte. «Grieche?»

«Ganz ursprünglich, ja.» Aghios dachte seit langer Zeit nicht mehr an seinen griechischen Namen, denn wer ihn kannte, akzeptierte diesen Namen als italienisch. Natürlich hatte er in seinem Leben dieses Namens wegen oft in der Seele gestöbert, neugierig darauf, dort etwas vom genialsten aller Völker zu entdecken. Immer wieder hatte er irgendein Wort, das er brauchte, analysiert, um zu ergründen, ob es vielleicht aus fernen Ländern kam, und immer wieder hatte er mit dem Gedanken gespielt, manche seiner Ideen als etwas Besonderes zu betrachten, einem Hirn entsprungen, das anders geartet war als das seiner Nachbarn. Jetzt dachte er: «Wenn die Herkunft einen Einfluß hätte, würde ich mich das ganze Jahr auf Reisen befinden.» Sein Stolz war aber zu einem guten Teil geschwunden, seit sein Sohn alles besser wußte als er.

Der alte Mann versank bald wieder in seinen Gedanken. Und plötzlich mußte er lachen. Glich er Dante oder Homer? Eigentlich hatte er nichts zu verlieren, ob er nun die eine oder die andere Nation wählte. Vom eigenen Lachen gedemütigt, ging er dazu über, die Statistiken zu betrachten. Verbrechen aus Leidenschaft und Parteienkämpfe bei den einen und bei den andern. Es gab weder hier noch dort etwas zu gewinnen. Und wie viele Italiener waren vielleicht Griechen, ohne es zu wissen? Nein! Nein! Auch er mußte die Fahrkarte bezahlen, um mit dem Zug reisen zu können.

«Ich bin froh, daß Sie nicht Grieche sind!» sagte Borlini. «Ich kann die Griechen nicht ausstehen.»

Aghios machte eine verlegene Grimasse. Was konnte er diesem dicken Mann sagen, der ihm eben erst die Hand gedrückt hatte und jetzt erklärte, die eine Hälfte seines Organismus nicht leiden zu mögen? Herr Aghios fand sich damit ab und dachte: «Ich pfeife darauf, daß du die Griechen haßt. Von dir kenne ich nur den Namen, Borlini, und er ist mir zuwider, weil du ihn trägst.» Er schwieg. Er hatte nicht die eigene Familie verlassen, um sich zu streiten.

Die beiden waren sich nähergekommen, es herrschte Intimität. Plötzlich wurde Herr Aghios von seinem Abscheu durch einen sonderbaren, neuen Laut befreit, der die drei, vier oder mehr Töne des fahrenden Zugs unterbrach. Der junge Mann in der Ecke, der reglos mit der Hand auf den Augen dasaß, seufzte tief. Ein Seufzer ist etwas wirklich Intimes. Eine ganze Straße verändert ihr Gesicht, wenn ein solcher Laut ertönt und gehört wird. Die gleichgültig Vorübergehenden bleiben stehen und denken: «Oh! Der Arme! Schaut, was ihm passiert ist und was morgen auf dem Weg, den ich jeden Tag zurücklege, auch mir passieren kann.»

Aghios und Borlini betrachteten den Stöhnenden erstaunt. Sie schwiegen zu lange, und der junge Mann bemerkte, daß man ihn beobachtete. Er nahm die Hand von den Augen und blickte auf die beiden Reisegefährten. Sie schauten ihn an, Borlini beugte sich gar nach vorn, um ihn besser sehen zu können.

«Fühlen Sie sich vielleicht nicht gut?» fragte Herr Aghios in brüderlichem Ton.

«Warum?» fragte der junge Mann erstaunt. Er hatte schöne braune Augen unter einer fast blonden Mähne.

«Verzeihen Sie!» sagte Aghios. «Sie haben vielleicht im Traum gestöhnt.»

«Mag sein», antwortete der junge Mann. «Das passiert mir manchmal. Ich bitte Sie um Verzeihung. Ich bin nicht krank. Ich dachte an mein Unglück und habe deshalb gestöhnt. Verzeihen Sie mir.» Er schloß die Augen und drückte sich wieder in seine Ecke. Dann zog er sich den Vorhang über den Kopf, obwohl das Licht im Abteil sehr gedämpft war. Er war so unglücklich, daß er ganz im Dunkeln sein wollte. Draußen dämmerte es schon, und der Himmel hatte sich bedeckt.

Herr Aghios schaute immer noch zu ihm hin. Oh, wie gern hätte er den ersten Schmerz, dem er auf seiner Reise begegnete, lindern wollen! Stöhnen ist der vertrauteste Laut, den ein Mensch an einen anderen richten kann. Man versteht ihn auf der Stelle. Er ist verständlicher als ein Wort, weil er sich spontan dem Körper entringt, der ihn hervorgebracht hat. So atmet die Lunge und schlägt das Herz. Und der Laut dringt direkt zum Herzen der anderen, die ihn auch hervorbringen können und deshalb verstehen.

Doch Borlini schaute mit seinen runden Augen

hinter der Brille voller Mißtrauen auf den Schlafenden.

Nach der Ankunft in Verona setzte das übliche Hin und Her ein, und der ganze Wagen geriet in Bewegung; die Passagiere stiegen aus, um auf dem Bahnsteig des dunklen Bahnhofs Luft zu schnappen oder um in der lichtesten aller Städte zu bleiben. Der junge Mann erwachte, stand auf und trat in den Korridor, wo er, die Stirn an das Fenster gepreßt, in das Halbdunkel starrte.

Borlini beugte sich zu Aghios vor: «Einer, der in aller Öffentlichkeit stöhnt, bettelt bald auch um Geld.»

Das war freundlich gemeint, und Aghios lächelte, um zu danken, aber er fühlte keine Dankbarkeit. Wenn man einen Menschen, der stöhnte, mit Mißtrauen zu betrachten hatte, war es besser, sich in den eigenen vier Wänden zu verschanzen und keinen Schritt zu tun. Stöhnen hören und mißtrauisch sein? Nur mißtrauisch? Das war, wie wenn einer zu rennen beginnt, wenn er um Hilfe schreien hört, weil Schreien Gefahr bedeutet.

Der junge Mann kehrte an seinen Platz zurück und drückte sich in die Ecke wie zuvor. Herrn Aghios war klargeworden, daß er ihm nicht helfen konnte, nicht einmal mit einem Wort. Die gute Erziehung wollte es so.

Wenn man jemanden beim Stöhnen überraschte, mußte man vortäuschen, nichts gehört zu haben. Man war ja schließlich ein Ehrenmann. Alles mußte weitergehen, als sei da nie ein Stöhnen gewesen. «Du darfst dich nicht einmischen», ermahnte sich Herr Aghios selbst.

Bevor der Zug Verona verließ, kamen drei neue Fahrgäste ins Abteil, die Herr Aghios wiederzuerkennen glaubte. Der Bauer, seine Frau und das Mädchen, die er, wie ihm schien, im Bahnhof von Mailand gesehen hatte. Vor allem das sehr weite Röckchen des Mädchens kam ihm bekannt vor. Allerdings schien das Kind jünger als jenes, das er im Bahnhof schlafend gesehen hatte, es war kaum zehnjährig. Aber sicher konnte man das nicht wissen, denn ein Kind mit offenen Augen sieht anders aus als eins mit geschlossenen Augen. Die Mutter war gut gekleidet, sie hatte anstelle eines Huts ein Seidentuch geknotet. Ihr kleines Gesicht unter dem Tuch wirkte, vielleicht von den Unbilden des Wetters, etwas gegerbt, doch die hellblauen, ernsten, aber lebhaften Augen machten es weicher. Der Bauer trug keinen Kragen, war jedoch sauber und wie ein Städter gekleidet. Das makellose weiße Kopftuch der Bäuerin war wunderschön. Die Frau ehrte die Sitten ihrer Vorfahren und unterwarf sich ihrem Mann, der sich seinerseits nicht um die Ahnen kümmerte.

Der junge Mann in der Ecke war gezwungen, die Beine zurückzuziehen. Er tat es, ohne ein Wort zu sagen, was Herrn Aghios, der seine Reise gern in einer ganz und gar zuvorkommenden Atmosphäre hätte machen wollen, unhöflich schien. Im übrigen kam es ihm vor, als treffe er Bekannte, die er gern in die Arme geschlossen hätte. Er traute sich jedoch nicht, denn ihm fehlten zwei Gaben: der Orientierungssinn und das Wiedererkennen von Gesichtern. In Mailand, wo er so oft gewesen war, fand er nicht allein vom Bahnhof zum Domplatz, auf der Straße bemerkte er Menschen, die er kannte, nicht, grüßte dafür aber fremde Leute. Um sicher von ihm erkannt zu werden, mußte man viele Jahre mit ihm Umgang pflegen. Ebenso, wie es sehr schwierig ist, im Alter eine Sprache zu erlernen, konnte er sich neue Gesichter nicht mehr einprägen. Das gleiche Unvermögen lag vielleicht auch seinem schlechten Orientierungssinn zugrunde. In der Tat liegen um Nase und Augen des Menschen Straßen, Hauseingänge und Plätze, in denen man sich, wegen ihrer Winzigkeit, nur schwer zurechtfindet. Kannte er diese Bauern, oder kannte er sie nicht? Die Fahrkarten waren jetzt in der Hand der Frau, sie preßte sie mit dem Daumen leicht an die anderen starken und rauhen Finger; in Mailand hatte sie der Bauer gehalten. Dieser Unterschied ließ in Herrn Aghios starke Zweifel aufkommen.

Auch Borlini schaute die Fahrkarten an. Er beugte sich zu Aghios vor, als wolle er ihm etwas Wichtiges sagen, und flüsterte ihm ins Ohr: «Das sind Drittklaß-Karten.»

Der Zug fuhr seit zehn Minuten, und das Mädchen schaute um sich, als suche es etwas. Dann beugte es sich über den Schoß der Mutter und murmelte: «Mama, ich will zum Fenster hinausschauen.»

Auch es trug ein Kopftuch, das unter dem Kinn geknotet war. Es hatte ein rosiges, frisches Gesicht und große hellblaue Augen, die klarer waren als die der Mutter. Sie sprachen den Dialekt des

Veneto und waren wohl kaum in Mailand eingestiegen.

Die Mutter beugte sich zu ihm und sagte: «Schau doch. Es gibt nichts zu sehen.» Sie sprach leise. Die Gesellschaft der schweigsamen Herren schien sie einzuschüchtern.

Herr Aghios, der auf diese Gelegenheit gewartet zu haben schien, rückte vom Fenster weg: «Sie will hinausschauen! Soll sie! Auch ich will hinausschauen, wenn ich reise. Setzen Sie sie da hin.»

Das Mädchen schaute die Mutter flehend an, diese drehte sich um, als wolle sie ihren Mann um Rat fragen. Der Bauer lächelte: «Wenn der Herr so nett ist, soll sich die Kleine doch ans Fenster setzen. Es dauert ja nicht lange, wir sind bald in...» Und er nahm das kleine Kleiderbündel und hob es auf den Platz, den Herr Aghios freigegeben.

Das Kind betrachtete die Landschaft, die vorüberglitt, und war für einige Minuten still. Dann preßte es das Gesicht ans Fenster, und Herr Aghios lächelte; er verstand, daß es das tat, um besser sehen zu können. Dann drehte es sich greinend zum Vater um: «Ich sehe nichts.»

«Du siehst nichts?» fragte der Vater erstaunt.

«Nein, ich sehe nichts!» rief das Mädchen und wandte der Mutter die klaren Augen zu, die durch die heraufsteigenden Tränen noch klarer wurden. Die Mutter kam herbei und setzte sich zwischen Vater und Mädchen, so daß Herr Aghios nochmals wegrücken mußte, um Platz zu machen. Die Unannehmlichkeit wurde ihm durch ein herzliches: «Entschuldigen Sie bitte!» des Bauern erleichtert, während Borlini durch seine Brille deutliche Mißbilligung kundtat.

Die Mutter fragte: «Was willst du denn sehen? Siehst du nicht alles?»

Das Mädchen brach in Tränen aus: «Ich sehe den Zug nicht.»

Borlini lachte laut, auch die Eltern lachten, leicht verlegen über die Einfalt ihrer Tochter. Nur Herr Aghios war gerührt. Er allein fühlte mit und wußte um den Schmerz, sich selbst auf der Reise nicht sehen zu können.

Es wäre ein ganz anderes Reisevergnügen gewesen, wenn man den großen Zug mit seiner Lokomotive hätte sehen können, wie er durch die Landschaft fuhr wie eine schnelle, leise Schlange. Den Zug, die Landschaft und sich gleichzeitig sehen, das wäre eine richtige Reise gewesen.

Er fragte lächelnd: «Reist das liebe Kind zum ersten Mal?»

«Ja!» sagte die Bäuerin, ohne zu zögern. «Und wir reden schon seit vierzehn Tagen von dieser Reise.»

Aghios war gerührt. Seit vierzehn Tagen nichts als diese Reise und dann in diesem Käfig eingeschlossen sein! Im Geist des Mädchens hätte diese Reise ein sich unendlich oft wiederholender müheloser und vergnüglicher Spaziergang sein sollen. Welche Enttäuschung!

Dann kam das Schlimmste. Der Schaffner erschien an der Tür, um die Fahrkarten zu überprüfen. Die drei hinzugekommenen Passagiere hatten Drittklaß-Fahrkarten und mußten das Abteil verlassen. Sie fuhren zwar nur bis zur nächsten Station, mußten aber trotzdem den Wagen wechseln. Obwohl der Schaffner recht höflich war, lag ein gebieterischer Ton in seiner Stimme. Das Mädchen weinte nicht mehr und stellte sich ängstlich zwischen Vater und Mutter, die schon aufgestanden waren.

Aghios fragte den Schaffner: «Kann man nicht ein Auge zudrücken bis zur nächsten Haltestelle?» Die Bauern hatten das Abteil schon verlassen.

Der Schaffner sagte freundlich: «Ich tu' nur meine Pflicht.»

Aghios bedauerte, daß er nicht den Mut gehabt hatte, einen Kuß auf die Stirn des Mädchens zu drücken, dort über die hellen Augen, die den Zug sehen wollten. Er aus der zweiten Klasse zum Zeichen der Zuneigung für die dritte Klasse.

Borlini gab dem Schaffner vollkommen recht: «Ordnung muß sein.» Aghios wandte nichts ein, weil er an das Weißkäppchen dachte, wie es sich jetzt zwischen den Menschen im Korridor hindurchzwängte.

«Das mit dem Zug war gut», sagte Borlini. «Viele Kinder begreifen die Dinge erst spät. Will den Zug sehen, in dem sie fährt.»

Dann erzählte er, daß er zu Hause auch zwei Söhne hatte, einen sechs- und einen viereinhalbjährigen. Er hatte spät geheiratet. «Ja! Erst nachdem ich eine entsprechende Position erreicht hatte.» Der jüngere sah alle unwichtigen Dinge: die Autos, die in der Ferne vorbeifuhren, aber nicht das, das ihn zu überfahren drohte, den hohen Palast, aber nicht den Stein, über den er stolperte.

«Er könnte mit dem Mädchen verwandt sein, das den Zug nicht sah», sagte Herr Aghios.

Borlini schien die Bemerkung nicht gutzuheißen. «Meiner ist ein bißchen klüger, obwohl auch er einfältig ist.»

Dann erzählte er, daß er und Pucci vor ein paar Tagen auf einem Spaziergang zwei Carabinieri gesehen hatten mit ihren etwas bedrohlichen Mänteln unter dem Napoleonhut. Das Kind hatte ängstlich gefragt, ob die Carabinieri wüßten, daß sie keine Räuber waren. «So eine Dummheit!» rief Borlini.

Aghios begann sich sofort für das leere Geschwätz seines Reisegefährten zu interessieren. Wie nahe er sich dem kleinen Pucci fühlte, der mit klopfendem Herzen befürchtete, für einen Räuber gehalten zu werden oder vielleicht gar einer zu sein! Räuber konnten auf frischer Tat ertappt werden, aber für Nichträuber gab es keinen ganz eindeutigen Beweis. Es war wie die Wassermann-Probe. Das negative Ergebnis bedeutete nie Sicherheit. Einer hatte die Veranlagung zum Stehlen vielleicht im Blut, und sie konnte bei der ersten Gelegenheit ausbrechen.

Und zwischen zwei Zügen am Stummel seiner Toscano, für die er eine ganze Schachtel Wachsstreichhölzer verbraucht hatte, sagte Borlini noch, daß Pucci nachts Angst hatte, sich aber sicherer fühlte, wenn man ihm erlaubte, ein Spielzeug ins Bett zu nehmen, zum Beispiel den Gummiball. «So ein Unsinn!» sagte Borlini. «Er ist jedoch aus gutem Holz geschnitzt und wird bald seinem Bruder gleichen, der keine solchen Flöhe hat.»

Eine sonderbare Behauptung! Wäre da nicht das Gebot der Höflichkeit gewesen, hätte ihm Herr Aghios mit seinen sechzig Jahren Erfahrung sagen können, daß man mit einem bestimmten Charakter geboren wird und den behält. Der arme Paolucci hatte das Pech, in einer Familie zu leben, die nicht zu ihm paßte. Aghios verstand ihn, weil auch er an Ängsten gelitten hatte, noch bevor ihn das Leben lehrte, wie bedrohlich es war. Er hatte von schnellen, unergreifbaren, ekligen Tierchen geträumt, von Nagern und Gewürm, bevor er ahnte, daß sie ihn früher oder später einholen würden, und von der großen Finsternis, bevor er wußte, daß die Finsternis unser Ziel ist. Er hatte ein Holzpferdchen mit ins Bett genommen und es beim Schlafen an sich gepreßt. Bis jetzt hatte er geglaubt, aus Güte so gehandelt zu haben, weil er glaubte, sein Holzpferdchen, das mit seiner grob geschnitzten Form zum Leben gehörte, brauche Wärme. Aber der Ball? Paolucci, sein wahrer Bruder, nahm einen Ball mit ins Bett! Der brauchte sicher keine Wärme, mit seiner absolut runden Form, die nicht zum Leben gehörte. Und wenn er ihn bei sich hatte, wurde er ruhig und hatte weniger Angst! Das war ein Symbol; er klammerte sich an sein Vergnügen, um sich vom Leben abzulenken. («Ablenkung = in eine andere Richtung lenken», dachte Aghios, ohne daß sein Sohn ihn hörte.) Wie hatte der kleine Paolucci zu solchen Höhen gelangen können! Nun gab es in seinem Leben, von dem Aghios aufrichtig hoffte, daß es lange sein würde, nichts mehr zu lernen, nichts konnte neuer, höher, bitterer sein. Wozu lebte er noch? Sein Bruder! Welche Zukunft erwartete ihn! Auch er hatte, wenn er nicht vorzutäuschen verstand, sein Leben zwischen Spottlachen, gebieterischen Zurechtweisungen und Geringschätzung verbracht. Er bedauerte, daß ihm sein Sohn, zu dessen eigenem Unglück, überhaupt nicht glich; er kannte keine Ängste, war schlau und geschickt und erachtete das Vergnügen als sein Schicksal. Er ahnte nicht, was das Leben war, und kümmerte sich nicht darum, als gehöre er nicht dazu. Er genoß es, indem er es vergaß. Er lernte wenig, verstand es aber, sich durchzuschlängeln. Er wußte wenig, hielt aber immer viele genaue Fakten bereit, mit denen er leicht Oberhand gewann. Und er besaß viele Bücher, in denen er alles zu finden verstand, was er zum Diskutieren brauchte.

Für lange Zeit war der kleine Paolucci Aghios' Reisegefährte. Borlini sagte noch: «Während sein älterer Bruder an meiner Hand einen sicheren Schritt hat, läßt sich Paolucci immer ziehen. Wie Lots Frau schaut er sich immer um. Bestimmt, um alles länger zu sehen.»

Aus Paolucci Borlini konnte eine große Persönlichkeit werden, ein elender verderbter Kerl oder auch ein ganz gewöhnlicher Mensch wie Herr Aghios. Auf jeden Fall ein wenig glücklicher. Auch mit großen Vorzügen ausgestattet, brauchte man Schlauheit, um sich ins richtige Licht zu setzen. Und wer sie nicht besaß, konnte so tun, als ob er sie besitze, ja, er konnte sogar noch weitergehen und Dinge für sich beanspruchen, die einem nur zustanden, wenn man bereit war, einen als rechtmäßig betrachteten Kampf auf sich zu nehmen.

Oder man konnte sich anpassen, ein ganz gewöhnliches Leben führen und die freie Entfaltung der großen Qualitäten auf kurze Reisen beschränken.

«Leb wohl, kleiner Bruder.»

Als er sich von Paolucci schon verabschiedet hatte, war nochmals die Rede von ihm. Borlini erzählte ein anderes Beispiel für die Einfalt des Kindes: Eines Morgens erwachte Paolucci voller Angst und sagte, er habe von Eseln und Pferden geträumt, die ihn drohend verfolgten und ihm Tritte versetzt hatten. Borlini prahlte, daß er die Erzählung unterbrochen und gefragt hatte: «Haben sie dich mit den Vorder- oder Hinterbeinen getreten?» – «Mit den Vorderbeinen», sagte das Kind. «Siehst du», sagte Borlini. «Das ist ein unmöglicher Traum, weil diese Tiere nicht mit den Vorderbeinen treten können.»

Herr Aghios lachte, aber er dachte: «Armer Paolucci! So eine Herzlosigkeit! Die Träume der Kinder mit der Wissenschaft zerstören.»

Als ihn Paolucci endgültig verließ, blieb er allein mit Borlini zurück. Sehr allein! Manchmal sah er die sympathischen Leute aus Verona vor sich, die in Porta Vescovo und in Verona Centrale ausgestiegen waren, oder er erinnerte sich an das Bauernpaar (die unvergeßliche Frau mit den sanften Augen und der gegerbten Haut!) und dachte, seine Reise wäre sehr viel vergnüglicher gewesen, wenn irgendeiner dieser Passagiere statt Borlini im Zug geblieben wäre. Schade, daß der junge Mann, der durch seinen Kummer so interessant war, in seiner Ecke weiterschlief.

Es blieb nichts anderes übrig, als mit Borlini zu

reden. Sie saßen da und schauten hinaus, wo inzwischen völlige Dunkelheit herrschte, und die Höflichkeit verlangte, etwas zu sagen. Aghios begann gleich mit einer Lüge, er beklagte sich über die Mühsal des Reisens. Er zielte auf ein Kompliment ab (das von seiner Natur her lügenhaft ist) und log zu Ende: Reisen war für ihn eine Qual.

Und blitzschnell reihte Herr Aghios Bild an Bild, um die Lüge wahr zu machen. Zuerst nannte er das Kind von vorher, das sich vorgestellt hatte, die Reise besser zu spüren und mehr zu sehen. Er war wie dieses Kind. Mit der Postkutsche, ja, das wäre eine richtige Reise gewesen, über richtige, natürliche Straßen (nicht über vorgegebene Schienen), durch bewohnte Orte, mit Halten nicht an Bahnhöfen, die in Italien nie den Eindruck des Orts vermittelten, dessen Eingangstor sie sind, sondern vor einem Wirtshaus, das zur Ortschaft gehörte, wo die Pferde sich stärken konnten oder gewechselt wurden. Nicht einmal im Auto streifte der Reisende Straßen, Orte, Menschen so nah. In Gesellschaft von Borlini war Reisen weniger Reisen denn je.

Der antwortete auf Aghios' Bemerkung mit einer Frage: «Wie oft pro Monat sind Sie auf Reisen?»

Herr Aghios log nochmals: «Zwei- oder dreimal pro Monat.» Schon zum zweiten Mal, sagte er, machte er in diesem Monat die Reise zwischen Triest und Mailand. Das stimmte. Das erste Mal hin und zurück mit seiner Frau; das zweite Mal jetzt allein. Davor war er jahrelang nicht von Triest weggefahren.

Borlini zählte lebhaft auf, die Finger zu Hilfe nehmend, und murmelte: «Lodi» (er streckte den Daumen vor), «Vicenza» (Zeigefinger), «Syrakus» (Mittelfinger), «Ancona, Siena, Perugia...» Zehn Städte.

Aghios betrachtete die dicken Finger, die eine Stadt an die andere reihten, und rief sich jede kurz in Erinnerung: «Lodi» (er war nie dort gewesen, erinnerte sich aber, daß es der bemitleidenswerten Stadt nicht gelungen war, den eigenen Namen auf ihre köstliche Erfindung zu übertragen, die man Parma zuschrieb), «Vicenza» (Palladio, dessen Werke sein eingebildeter Sohn nicht zu schätzen wußte, die Marmorpaläste, die Aghios in den fast leeren Straßen an einem sonnigen Festtag leuchten sah), «Siena» (oh, der Dom, der kleiner war als ursprünglich geplant, zu klein, um so viel Schönheit zu bergen). «Siena?» (Zehntausend Florentiner, die an einem einzigen Tag umgebracht worden waren!) «Perugia» (die Arkaden, das nahe Assisi, die grünen Felder mit den weißen Herden, eine ganze Gegend, die einen neuen Heiligen erwartet).

Doch Borlini unterbrach seine Gedanken. «Zehnmal bin ich diesen Monat aus Mailand weggefahren», sagte er laut, «und heute ist der Fünfundzwanzigste, gut zehnmal. Und ich bin nicht einmal müde, denn wer seiner Pflicht ganz nachkommen will, muß Vergnügen daran haben.»

Oh! Das war aber dick aufgetragen! Wäre die Pflicht Vergnügen, gäbe es keinen Verdienst. Er, Aghios, konnte sich rühmen, sein Leben lang wirklich seine Pflicht getan zu haben, er hatte auf die angenehmen Gedanken, die angenehmen Vorstellungen, das wirkliche Vergnügen verzichtet. Hätte man ihn in Frieden gelassen, wäre er durch die Welt gereist, nicht, um sie sich anzuschauen, sondern um sich besser davon lösen zu können, um sie schöner oder häßlicher zu finden. Auch sein Sohn sagte, daß jeder in dieser Welt das tun mußte, wozu es ihn drängte, und deshalb vergnügte er sich, während andere (Herr Aghios) litten. Es gab sicher einen Unterschied! Aber wo?

Er widersprach nicht. Das ganze Gespräch schien ihm kein richtiges Gespräch zu sein. Warum sollte er sich abmühen und mit Borlini diskutieren? Der Mund bewegte sich einfach so, damit der Zug Zeit hatte vorwärtszukommen.

«Sie sind also Handelsreisender?» fragte er, bloß um etwas zu sagen.

«Wo denken Sie hin!» sagte Borlini entrüstet, daß der andere ihn nicht besser einschätzte. «Ich bin Inspektor im Außendienst einer Versicherungsgesellschaft.»

Herr Aghios verneigte sich, als wolle er ihm zu der hohen Stellung gratulieren. Inspektor! Das war etwas ganz anderes als Handelsreisender!

In der Ferne sah man am Fuß eines Bergs die Lichter einer Ortschaft. Ruhiges, unbewegliches Licht! Ein entferntes Licht ist immer ruhig, immer unbeweglich! Zwar kann der Wind wehen, aber wenn er es nicht ausbläst, ist es wie das Licht der Sterne; es glänzt mit der Ruhe einer Farbe (wenn es so glänzende Farben gäbe). Obwohl vielleicht jemand in dem Ort gerade einen Sturm erlebt. Doch Entfernung ist Frieden.

Aber es galt, den Mund zu bewegen, und Herr

Aghios log weiter, ohne es zu wollen, sondern einfach, weil er sich nicht unter Kontrolle hielt: «Ich lasse meine alte Frau nicht gern allein.»

«Ich weiß, daß es solche Männer gibt», sagte der Inspektor, während er Herrn Aghios aufmerksam anschaute, als studiere er ein sonderbares Tier.

Aghios log weiter: «Wohlgemerkt, es geht mir nicht um die Stadt, ich lebe ebenso gern in Mailand wie in Triest. Nur, ich kann nicht allein leben.»

Und er dachte: «Schau nur, beobachte mich, trotz deiner starken Brille wirst du nichts verstehen.» Natürlich nicht! Denn es war unmöglich zu erraten, ob das, was er sagte, auch wirklich ernst gemeint war. Er wiederholte, daß er das Familienleben liebte. Er suchte ein intelligenteres Wort, um die Lüge auszuschmücken, und fand es augenblicklich: er liebte das Familienleben, wo man bald an den einen, bald an den andern denken mußte, nie an sich selbst und an das eigene Elend. Er sprach vom eigenen Elend, jetzt, wo er es überhaupt nicht spürte, wo er Geld in der Tasche hatte für die Trinkgelder, und allen Schwachen, denen er begegnete, Zuneigung entgegenbrachte, so sehr, daß sie auch Personen einschloß, die er nie gesehen hatte wie den unvergeßlichen Paolucci.

Borlini brummte: «Mein Familienleben ist ganz anders. Wenn ich zu Hause bin, denken alle an mich, und ich denke auch an sie. Wenn ich unterwegs bin, lasse ich natürlich allen die Wahl, hoffe aber, daß sie an mich denken. Ich werde von meiner Arbeit in Anspruch genommen und denke nur daran. Warum arbeitet man? Etwa nicht für die Familie? Wenn ich an die Arbeit denke, denke ich an die Familie.»

Aghios war erstaunt. Das war ein wirklicher, normaler Mann! Er war ihm unsympathisch. Der normale Mensch wollte, daß alle an ihn dachten (und er gab seine wahren Gedanken preis, als er zu Beginn gestand, daß auch er an alle dachte, um sich dann selbst Lügen zu strafen mit einer Erklärung, die das Wort, das ihm entschlüpft war, nichtig machte). Vielleicht dachten alle an ihn, um ihm den Tod zu wünschen. Wieviel besser war doch er, Herr Aghios, der nichts verlangte. Es schien ihm nicht, seine Familie weniger geliebt zu haben, weil er weniger an sie dachte. Nein! Er liebte sie weniger, weil er das Verlangen nach einer größeren Familie, der Welt, verspürte.

Die regelrechte Antipathie für seinen Gesprächspartner trieb ihn zu einer Diskussion. Man durfte ihm nicht erlauben, derart ungerechte Dinge zu sagen, im Ton eines selbstsicheren Predigers. Trocken und völlig aufrichtig sagte er: «Ich hingegen denke, wenn ich in der Familie bin, an alle und hoffe, daß alle an mich denken, wenn ich nicht zu Hause bin.» Der zweite Teil dieser Aussage war eine Lüge, sie kam jedoch aus einer instinktiven Bescheidenheit. Er befürchtete, zu edel zu erscheinen, wenn er zugab, daß er kurz zuvor gewünscht hatte, seine Frau möge während seiner Abwesenheit nicht an ihn denken. Zu edel? Hätte er seinen innersten Gedanken ausgesprochen, wäre er vielleicht nicht so edel erschienen.

Borlini begann zu lachen, ein volltönendes, ruckweises Lachen wie der Lärm eines anlaufenden Motors: «Das ist Poesie; wirkliche, überflüssige Poesie! Sind Sie vielleicht ein verkleideter Dichter?»

Erst empfand Herr Aghios dieses Wort als eine Frechheit. «Verkleidet?» Doch dann schaute er neugierig in sich selbst hinein. Er glaubte, ein Mensch zu sein, der viele unerlaubte Dinge wünschte und der sie sich – da sie nicht erlaubt waren – selbst verbot, jedoch den Wunsch danach bestehen ließ. Er verlor nie ein Wort darüber und stellte Behauptungen auf, die diese Wünsche besser verstecken sollten, indem er sie leugnete. War er deshalb ein verkleideter Dichter? Wenn er diese unerlaubten Wünsche zum Gegenstand der Dichtung gemacht hätte, wäre er kein verkleideter Dichter gewesen. Und wenn er sie leugnete? Wenn er, um sie zu leugnen, sogar gedichtet hätte, wäre er, selbst in der Ablehnung dieser Wünsche, ein Dichter gewesen. «Was für ein Dummkopf ist dieser Borlini! Wie kann sich ein Dichter verkleiden? Indem er schweigt? Das ist dann keine Verkleidung; aber warum», überlegte Aghios, «schweigt er denn? Im Leben kann einer noch so ein Dummkopf, jedoch kein Dichter sein, wenn er nicht über die eigene Dummheit dichten kann.»

Er sagte einfach: «Ich weiß nicht einmal, aus wie vielen Silben ein Elfsilber besteht.»

«Elf», sagte Borlini. «Sie als Grieche müßten es wissen. Sie verkleiden sich immer noch.»

«Ach was, Dichter», sagte Aghios und lachte ein wenig geschmeichelt, ein wenig beleidigt. «Jetzt gerade fahre ich ohne Frau und ohne Sohn in einem dringenden Geschäft nach Triest.»

Kaum machte er den Mund auf, sagte er zuviel. Doch da fiel ihm etwas sehr Wahres ein, und er sagte es augenblicklich, als könne ein wahres Wort die Schande eines falschen Wortes tilgen. «Es ist wahrlich kein Vergnügen, mit soviel Geld zu reisen.» Und er schlug sich an die Brusttasche.

Borlini begann zu lachen, leiser, während er mißtrauisch den Reisegefährten anschaute, der in seiner Ecke schlummerte. «Auch ich trage Geld auf mir, viel Geld. Sie handeln unvorsichtig, ich aus Notwendigkeit.»

Borlini wurde wirklich angriffig, und Herr Aghios schwieg verwirrt. Nach einer recht langen Pause nahm der dicke Mann das Wort in überzeugterem Ton wieder auf. Vielleicht tat ihm sein zu angriffiger Ton leid.

«Überlegen Sie sich, was ich für meine Familie mache, und sagen Sie mir dann, ob ich nicht im Gegenzug das Recht habe zu verlangen, daß alle ständig an mich denken. Es gibt Menschen auf der Welt, die auf dem gleichen Gebiet arbeiten, aber niemand arbeitet mehr als ich. Diese Reisen können nicht als Erholung betrachtet werden. Oder was meinen Sie?»

Herr Aghios fand, die Reise sei, bevor er seinen Gesprächspartner getroffen hatte, eine wirkliche Erholung gewesen. Doch jetzt, da er die ganze Zeit gezwungen war, jemandem recht zu geben, den er nicht mochte, fühlte er sich von einer Familie gefesselt, dazu noch von einer Familie, die er nicht mochte. Er konnte deshalb vollkommen aufrichtig zustimmen: «Nein, sie sind ganz und gar keine Erholung!» Es war keine Erholung! Um die Erholung zu genießen, mußte er bis Padua warten, mehrere Stunden!

«Denken Sie an die Verantwortung, die ich übernehmen muß! Manchmal erledige ich einen Schadensfall ganz allein! Von A bis Z! Schadensberechnung und endgültige Entschädigung! Selbstverständlich weiß ich, was ich tue, und habe bis jetzt nie eine Rüge einstecken müssen. Heute zum Beispiel fahre ich in einer Versicherungsangelegenheit nach Padua. Ein sehr großer Kunde hat einen Brandschaden erlitten und verlangt hundertfünfundsiebzigtausend Lire. Mailand schlug vor, Experten hinzuschicken, diese Ingenieure, diese Idioten vor lauter Mathematik. Ich bat den Direktor, mir den Fall zu übergeben, versprach, alles mit hundertfünfzigtausend zu bereinigen und mir obendrein die Dankbarkeit des Kunden zu sichern. Der Direktor, der mich kennt, sagte ohne Zögern: ‹In Ordnung! Versuchen wir's diesmal, wir Geschäftsleute, ohne Einmischung dieser Trottel von Technikern. Nehmen Sie sich der Sache an!› Und ich habe hundertfünfzig Tausendlirescheine in die Tasche gesteckt und bin abgereist. Sehen Sie, da!» Und er nahm eine dicke Geldbörse aus der Brusttasche und öffnete sie. «Wir kommen zu spät in Padua an, um einen Scheck einzulösen, und deshalb habe ich alle diese Banknoten mitgenommen. Der Kunde wird zahmer sein, wenn er die Banknoten in natura vor sich sieht.» Der dicke Mann lachte und zeigte dabei seine robusten Fleischesserzähne. «Und wer weiß, ob ein Teil dieser Banknoten nicht wieder unserer Versicherungsgesellschaft zugute kommt? Ein Scheck hingegen kann kaum zerstückelt werden und läßt sich nicht nach und nach anbieten.»

Hier konnte Herr Aghios dem Inspektor die Stirn bieten. «Auch ich nehme für meine Familie gern Verantwortung auf mich. In meiner Brusttasche habe ich...» Er zögerte einen Augenblick, weil er beinahe die wahre Summe, dreißigtausend Lire, genannt hätte; dann überlegte er es sich anders und sagte: «Fünfzigtausend Lire.»

«Sie haben keine Bedenken, soviel Geld auf sich zu tragen?»

Herr Aghios ärgerte sich: «Wenn Sie glauben, hundertfünfzigtausend Lire verteidigen zu können, kann ich bestimmt meine fünfzigtausend verteidigen!»

Der Inspektor lachte viel angenehmer als zuvor und begleitete sein Lachen mit einem bewundernden Blick für Herrn Aghios. «Der Dichter hat gesprochen!» bemerkte er.

Herr Aghios fühlte sich in seinem Stolz geschmeichelt, aber er zweifelte, ob es nicht angezeigt war, sich beleidigt zu fühlen. Ein Dichter ist ein Mensch, der schreiben kann, was Herr Aghios nicht konnte, und da er es nicht verstand, Gedichte zu schreiben, war es sein Schicksal, die Wahrheit zu verfälschen, Luft zu sehen, wo eine Wand war, und mit dem Kopf dagegen anzurennen. Bis Padua war es aber klüger, sich nicht beleidigt zu fühlen; warum diesen Herrn überzeugen, den er nie wiedersehen würde?

Nun wurde die noch junge Bekanntschaft angenehmer. Das hing damit zusammen, daß der Inspektor dachte, er habe sich hinreichend vorgestellt und könne nun einen bescheideneren Ton anschlagen. Er machte sich um Herrn Aghios' Geld Sorgen. «Sagen Sie nicht mehr, daß Sie Geld auf sich tragen. Ich bin mir bewußt, daß ich als erster davon gesprochen habe. Aber ich kann mich auf meinen Spürsinn verlassen und habe gleich verstanden, daß ich bei Ihnen keine Gefahr laufe. Der da schläft tief.»

Beide schauten auf den bleichen blonden Jüngling, der noch immer unbeweglich in seiner Ecke lag. Er schlief ruhig und lehnte wie eine vom Zug geschüttelte Wachsfigur gegen sein Kissen. Nur seine feinen Nasenlöcher schienen geweitet, fast als wollten sie versuchen, mehr Luft durchfließen zu lassen. Die Nasenflügel solch durchsichtiger Blonder sind wie kleine Flügel. Doch dann erinnerte sich Herr Aghios an sein kurzatmiges Pferd, das die Nüstern wie kranke Menschen krampfhaft aufblähte, und er murmelte: «Er leidet wohl an einem Emphysem.»

Die Erinnerung an sein kurzatmiges Pferd hatte Herrn Aghios traurig gestimmt. In der Krankheit gleichen sich die Tiere den Menschen an. Nur daß Tiere nicht reden, den Schmerz der Krankheit nicht durch einen Fluch lindern können. Arme Tiere. Das Pferdchen litt und wußte es nicht, doch seine Atemnot war sehr menschlich.

Der Inspektor hatte seine Toscano angesteckt, und um vergessen zu lassen, daß er Herrn Aghios über eine eiserne Regel belehrt hatte, warf er ihm ein Kompliment zu: «In guter Gesellschaft raucht man mehr.» Herr Aghios rauchte ebenfalls, nur um das Kompliment zu erwidern.

Dann begann der Inspektor wieder zu predigen und war sehr langweilig, doch es gab die Rettung. Der Zug machte einen Höllenlärm, und wenn man sich nicht anstrengte hinzuhören, hörte man gleich gar nichts mehr. Doch Herr Aghios wußte, was der Inspektor sagte. Er redete über Politik und sagte, wenn alle guten Willens wären, würde Italien aus allen Schwierigkeiten herauskommen. Ungefähr vierzigmillionenmal guten Willen. Die Einstimmigkeit! Das war zuviel verlangt, denn Herr Aghios (der sich als Grieche fühlte) hatte beobachtet, daß zwei Italiener, die am selben Tisch sitzen, große Lust verspüren aufzustehen, um den anderen nicht mehr anhören zu müssen. Hätte er, der von einer italienischen Mutter und Großmutter abstammte, nicht auch aus dem Zug springen mögen, um den Inspektor nicht mehr sehen zu müssen?

Während der Inspektor redete, gab sich Herr Aghios der Erinnerung an seine Großmutter hin. Wie verblaßt sie war. Ein einziger Satz, den er vielleicht von anderen gehört hatte: «Ein Bett zu haben ist immer gut, denn wer nicht schläft, der ruht.» Und die verblichene Photographie einer dicken, gebrechlichen Frau im Feststaat, mit unmöglichen Kleidern, die sie in der Taille einengten und den Rock sehr weit erscheinen ließen. Das Bonmot war ebenso verblaßt, und Herr Aghios konnte weder die Photographie vom Ausspruch noch den Ausspruch von der Photographie trennen. Es schien, als habe die Photographie gesprochen. Deshalb war diese Photographie so viel ausdrucksstärker als jede andere. Womöglich hätte die Frau wieder zu reden beginnen können.

Nun war der Herr Inspektor bei den Wahlen angelangt. Herr Aghios beugte sich aus Höflichkeit zum Sprecher hin und verstand deutlich die Worte: «Die obligatorische... Stimmabgabe.» Augenblicklich zog er sich auf seinen Platz zurück.

Alles war obligatorisch in diesem Leben, auch dem Herrn Inspektor zuzuhören. Teilte man das Leben in obligatorische Handlungen und Worte und in Handlungen aus freier Initiative ein, die einzig den Namen Leben verdienten, hatten die ersteren im Vergleich zu den letzteren einen wirklich erbärmlich geringen Anteil. Bei der Abreise war Herr Aghios begierig auf Freiheit gewesen, doch er wußte, daß ihm die Freiheit in einigen Tagen genügen und er wieder sein Joch herbeiwünschen würde. So war es! Die Versklavung war nicht nur Schicksal, sie war auch Gewohnheit. Man genoß die Freiheit im Augenblick, in dem man sich befreite wie er, seit er den Herrn Inspektor reden ließ, ohne ihm zuzuhören.

Doch der Inspektor schaute ihn an, und Herr Aghios beugte sich aus Höflichkeit wieder zu ihm vor, um zuzuhören: «In Italien gibt es zu viele Chefs.»

Herr Aghios, der sich erneut zurücklehnte, vermochte augenblicklich zu vergessen, daß es in Italien zu viele Chefs gab. Während er zum Fenster hinaussah, ohne die verbotenen Segenswünsche auszusprechen, befiel ihn eine schreckliche Vorstellung: «Die Zukunft der Welt ist es, zu einer einzigen Stadt zusammenzuwachsen. Lebt wohl, Felder, lebt wohl, Wälder, lebt wohl, Wiesen. Wovon würden sich die Menschen ernähren? Von der Chemie? Ach! Grauenhaft.» Die furchtbare Vorstellung überkam ihn beim Anblick von drei Anwesen und dahinter noch drei, denen zwei vorangegangen waren und kurz darauf weitere vier folgten. Sie rückten auf den Feldern voran! Er stellte sich vor, wie sich zwischen die Häuser weitere hineinschieben würden, in Reih und Glied. Doch wenn die Welt eine einzige Stadt sein würde, würden er, seine Frau und sogar sein Sohn wenig Raum beanspruchen. War es richtig, sich so egoistisch zu beruhigen? Wäre es nicht besser gewesen, für die Nachkommen zu leiden? Herr Aghios lächelte. Die Welt war so klug eingerichtet, daß gewisse Schmerzen unausdenkbar sind.

Der Inspektor forderte wieder Aufmerksamkeit, und Herr Aghios hörte gerade noch: «Kurz und gut, ich verlange, daß der Bürger die Regierung wählt und sich dann nicht weiter einmischt. Das ist die wirkliche Freiheit.» Ja! Das war die Freiheit! Vor fünfundzwanzig Jahren hatte Herr Aghios seine Lebensgefährtin gewählt. Wie hatte er sich gefreut, als er sie nach Überwindung aller Schwierigkeiten die Seine nennen konnte und es natürlich fand, daß er ihr gehörte. Er war so glücklich gewesen. Oh! Überglücklich! Allerdings ließ die große Freiheit des Reisens in ihm den Gedanken aufkommen: Hätte er damals vor fünfundzwanzig Jahren nicht das Bedürfnis zur Heirat verspürt, sondern den Instinkt eines Übeltäters, und hätte diesen mit einem Mord befriedigt, wäre er jetzt, dank allen Begnadigungen, ganz frei, vielleicht auch, um zu reisen.

Einsame Gedanken richten keinen Schaden an, und Herr Aghios stellte sich weiter lächelnd vor, ein befreiter Übeltäter zu sein. Sicher würde er als Gewohnheitsmensch den starken Wunsch verspüren, ins Gefängnis zurückzukehren, wie er sich bald wieder danach sehnen würde, den Schutz seiner Frau zu suchen und vor allem seinen gedankenlosen Sohn zu beschützen, mit einem Wort, die Rückkehr ins Gefängnis. Was konnte er seiner lieben (oh, so lieben!) Frau denn schon vorwerfen? Sie war fleißig, sparsam, schön und hatte wirklich nur für ihn gelebt. Sicher mochte er es nicht (und Herr Aghios lächelte wieder), daß sie, wenn er eine andere Frau schön fand, gleich deren Nase oder Figur kritisieren mußte. Sie akzeptierte und liebte ihn zwar so, wie er war, aber zu häufig mahnte sie ihn, weniger zerstreut und mehr bei der Sache zu sein. Immer spürte er einen Druck, und jetzt, da er in Freiheit reiste, war er bemüht, sich selbst wiederzufinden. Der Druck war allerdings nicht so schlimm wie der, den der reisende Herr Inspektor auf ihn auszuüben versuchte...

Übrigens schlief jetzt der Inspektor, bequem auf seinem Platz ausgestreckt, und schnarchte leise, nachdem er traumversunken eine Weile zum Fenster hinausgeschaut hatte, als sei er auf der Suche nach neuen politischen Ideen.

Herr Aghios lachte von Herzen, doch der Inspektor rührte sich nicht. Ein tüchtiger Mann, dieser Geschäftsmann, der sich seiner Vorsicht rühmte und dann, nachdem er öffentlich erzählt hatte, hundertfünfzigtausend Lire auf sich zu tragen, zu schnarchen begann. Herr Aghios fühlte sich erleichtert, wie wenn er seine Frau bei einer Zerstreutheit ertappte. Der Prediger war wirklich lächerlich! Herrn Aghios' Rache wäre vollkommener gewesen, hätte er diese Banknoten stehlen dürfen. Es wäre eine große Befriedigung gewesen, mit diesen hundertfünfzigtausend Lire zu verschwinden. Es tat ihm leid, kein Dieb zu sein! Herr Aghios überlegte sich einen Plan, ohne die geringste Absicht, ihn je auszuführen: Wie konnte er an den Geldbeutel herankommen, die Noten herausnehmen, auch die Geschäftspapiere, und sie vernichten, um dem großen Mann eine zünftige Lehre zu erteilen. Es war so einfach! Man mußte nur den einzigen Jackenknopf öffnen, nach dem Geldbeutel greifen und ihn langsam, den ruckenden Bewegungen des Zuges folgend, herausziehen.

Der blonde junge Mann in der anderen Ecke bewegte sich, als habe er einen Alptraum gehabt.

Das wäre nicht notwendig gewesen, denn nie hätte Herr Aghios seinen Plan ausgeführt. Seine Gedanken waren so frei, gerade weil jede Ausführung ausgeschlossen war. Wirklich frei kann der Geist nur sein, wenn er sich in Vorstellungen bewegt. Die Jacke und der eine Knopf hätten vielleicht in Wirklichkeit mehr Schwierigkeit bereitet.

Herr Aghios beobachtete den Blonden. Er wollte von seinem Verbrechen nicht einmal träumen, bevor dieser nicht wieder eingeschlafen war.

Doch da beunruhigte ihn ein anderer Gedanke. Padua mußte ganz nahe sein. Wenn der Inspektor weiterschlief? Solange er schlief, war alles gut, wenn er aber zu spät erwachte und bis nach Venedig weiterfuhr? Noch mehr Predigten, um Himmels willen!

Da kam zum Glück der Schaffner, um die Fahrkarten nochmals zu kontrollieren.

Der Blonde zeigte seine Fahrkarte; der Inspektor erwachte und fragte unverzüglich: «Wann kommen wir in Padua an?»

«In zehn Minuten!» antwortete der Schaffner.

Gott sei Dank. Zehn Minuten Predigt waren zu ertragen.

Doch der Herr Inspektor war schlecht gelaunt aufgewacht. Fünf Minuten lang sprach er kein Wort. Dann stand er mit eiserner Entschlossenheit auf, nahm sein Köfferchen vom Gepäcknetz und legte es neben sich. Er schaute aus dem Fenster, und Herr Aghios blickte in dieselbe Richtung, denn das war die einzige Höflichkeit, die der Inspektor ihm erlaubte. Am Himmel standen schwarze Wolken, deren unterer Teil im Dämmerlicht der unsichtbaren Sonne leuchtete, als wüchsen darin leichte Pflanzen aus glänzendem Silber und Gold und einem unbekannten, durchsichtigen, von eigenem Licht durchglühten Metall.

«Es wird regnen», murmelte der Inspektor schlecht gelaunt.

«Es regnet nicht immer, wenn der Himmel so aussieht, dicht und schwarz, mit leuchtenden Stellen», sagte Herr Aghios in der Absicht, dem Inspektor die gute Laune wiederzugeben oder vielleicht um ihn zum Weggehen zu ermutigen, als ob der Regen ihn hätte dazu bewegen können, im Zug zu bleiben.

Und wirklich schien der Inspektor zufriedener zu sein. «Sie verstehen sich auf das Wetter», und zum ersten Mal betrachtete er Herrn Aghios voller Respekt.

«Nicht besonders!» sagte Herr Aghios bescheiden. «Ich habe jedoch oft beobachtet, daß sich die Sonne, als wolle sie sich verstecken, während des Untergangs mit dicken Wolken umhüllt, die dann, wenn sie nicht mehr gebraucht werden, verschwinden.»

Der Herr Inspektor machte drei Dinge zugleich: er gähnte, lächelte und sagte: «Dichter.» Nur daß das «e» von Dichter zu einem breiten «a» wurde wie sein Mund.

Und als der Inspektor nach einem kurzen Gruß das Abteil verließ, dachte Herr Aghios, das schönste Ergebnis seiner Reise sei die Entdeckung, ein Dichter zu sein.

Dann, von Padua bis Mestre, war die Freiheit vollkommen. Der Blonde in seiner Ecke schlief weiter, und so hatte Herr Aghios nach der Trennung vom Inspektor das gleiche Gefühl der Freiheit wie im Augenblick, als er sich von seiner Frau getrennt hatte. Und diese Freiheit drückte sich in einer Reihe von Beobachtungen aus. Auf einem Feld sah er eine Frau und einen Mann bei der Arbeit. Er sah nur das lachende Gesicht der jungen Frau, weil die Geschwindigkeit des Zugs ihm keine Zeit ließ, auch den Mann zu sehen. Sie mochten häßlich oder schön sein, das war unwichtig. Man konnte nicht wissen, ob sie verheiratet waren. Sicher war, daß sie gemeinsam arbeiteten, aber es entzog sich der Kenntnis, ob sie sich liebten oder, besser gesagt, ob sie jene ursprünglich fleischliche Gemeinschaft bildeten, die später in eine Interessengemeinschaft ausartete, zu der das Land zählte, das sie bestellten, und das vielleicht weit entfernte Häuschen, in dem sie schliefen. Welch abgrundtiefer Betrug! Sie wurden sanft genommen, in die eigene natürliche Wärme gehüllt und an Ketten gelegt, ohne daß sie es merkten. Wäre Herr Aghios nicht auf Reisen gewesen, hätte er von den beiden, die singend auf dem Feld arbeiteten, nur das Aussehen der Frau bemerkt und den Mann je nachdem bemitleidet oder beneidet. Auch er sah, an Ketten gelegt, üblicherweise nicht über die eigene Nase hinaus, während sich seine Gedanken jetzt, auf der Reise, so hoch erhoben, daß er im Schicksal des Menschen dasjenige aller Haustiere erkannte. Hühner werden ja auch nicht brutal behandelt. Im Gegenteil, man gibt ihnen das für sie am besten geeignete Futter. Schlecht war nur, daß ihnen eines Tages der Hals umgedreht wurde.

Und eine zweite, wenn auch schreckliche Vision, bewies erneut die Erhabenheit von Herrn Aghios' Gedanken. Kurz vor Mestre amtete eine alte, sehr dicke Frau als Bahnwärterin. Die sehr große Brust schien ihr das Aufrechtstehen zu erschweren. Entrüstet dachte Herr Aghios über die, wie ihm schien, größte aller Ungerechtigkeiten nach, die von den Gesetzen dieser Welt geschaffen wurden. Die sekundären Geschlechtsorgane der Frau, diese auserlesensten Erzeugnisse der Welt, arteten zu oft aus und wurden denen, die sie nicht mehr brauchten, zur Qual. Herr Aghios erinnerte sich, daß er kurz vor der Abreise eine ähnliche Frau gesehen und im Vorübergehen gemurmelt hatte: «Töten sollte man sie!» Wie edel seine Gedanken in der Einsamkeit geworden waren!

Als der Zug Mestre verließ, bewegte sich der Blonde in seiner Ecke, reckte die Arme, als sei er aus einem tiefen Schlaf erwacht, und murmelte deutlich: «Wie schön Träume sind! Schade, daß sie nicht anhalten!»

Herr Aghios empfand es als ungeheures Abenteuer, auf seiner Reise einen Unbekannten so etwas sagen zu hören. Auf einmal ließ ihn ein unbekannter Mitmensch in sein Innerstes blicken. Mit diesem Reisegefährten mußte man nicht rauchen, um sich ihm zu nähern.

Er wollte ihm entgegenkommen und ihm ebenfalls etwas von seinem Innersten preisgeben. «Ich träume auch, wenn ich nicht schlafe», sagte er lächelnd.

«Ach ja!» sagte der Blonde traurig. «Das kommt vor! Wenn die Wirklichkeit nicht zu hart ist und man vergessen kann.» Er schaute Herrn Aghios lächelnd an. Das Lächeln, das seinen Worten folgte, bestätigte, daß ihre Beziehung schon inniger geworden war, als es der Müßiggang des Reisens üblicherweise zuläßt. Sie hatten sich tief in die Seele geschaut. Herr Aghios war ein glücklicher Mensch, der die Wirklichkeit vergaß, wenn er die Augen schloß. Der junge Mann hingegen war ein gequälter Mensch, der in den Schlaf flüchten mußte, um zu vergessen. Zwei Schicksale oder vielleicht zwei Charaktere.

In der typischen Sentimentalität untätiger Reisender wollte Herr Aghios gleich helfen. «Ihr jungen Leute», sagte er, «meßt oft Dingen zuviel Bedeutung bei, die keine haben. Sehen Sie! Wenn man der Wirklichkeit ihre Bedeutung nehmen will, ohne ständig zu schlafen, braucht man bloß zu denken: ‹Was wird in hundert Jahren aus uns beiden geworden sein?› Vollkommene Ruhe wird für uns herrschen, und deshalb ist es leicht, diese Ruhe vorwegzunehmen. Von allen Dingen, die um uns herum in Bewegung sind, wird sich nur noch dieser Wagen bewegen, weil die Staatlichen Eisenbahnen sich lange Zeit lassen, bevor sie etwas stillegen.»

Der Blonde lachte und pflichtete ihm laut bei: «Ja, die Staatlichen Eisenbahnen sind sehr sparsam.» Dann sammelte er sich, um eine Antwort zu finden. Schließlich schien er sich ganz zu verschließen, als bereue er es, sich mit einem Fremden zu unterhalten. Mit einem überdeutlichen, schüchternen und bittenden Blick sagte er zu Herrn Aghios: «Um sich ein Urteil bilden zu können, müßten Sie alles wissen, und das ist unmöglich.» Er schaute durch das Fenster auf die ersten Kanäle der Lagune hinaus.

Herr Aghios ermahnte sich selbst, wie er es manchmal tat: «Paß auf, misch dich nicht ein!» Er wollte dem jungen Mann auch zu verstehen geben, daß er ihm nicht grollte, weil er sich ihm nicht anvertrauen wollte, und sah ebenfalls zum Fenster hinaus. «Die Lagune scheint hier das Festland anzugreifen, und dabei schiebt sich das Festland in die Lagune vor. Schauen Sie die Schlammbänke, die dort aufragen. Vor weniger als zehn

Jahren waren sie noch von Wasser bedeckt.» Und Herr Aghios erzählte des langen und breiten vom jahrhundertelangen Kampf zwischen der Lagune und dem Festland und wieviel Geld und Mühe es kostete, die Lagune zu bewahren. Deshalb konnte Venedig keine zweite Brücke zum Festland verkraften, denn jeder auf den Grund der Lagune gerammte Pfahl zog Schlamm an, der sonst abfloß, und wurde so zu einer neuen Bedrohung für sie.

Herr Aghios hatte einen neuen Vorteil seiner Reise entdeckt. Seit vielen Jahren kannte er die Geschichte der sterbenden Lagune, der das gleiche Schicksal drohte wie der von Ravenna, nur leider war sie auch seiner Frau bekannt, die mit ihm in Venedig war und ihn immer wieder darüber reden gehört hatte. Sein Gesprächspartner hingegen, der, obwohl er aus dem Veneto stammen mußte, von der Lagune nichts wußte, hörte ihm mit weit offenen Augen zu und murmelte zur Entschuldigung: «Ich denke nie an diese Dinge, weil ich immerzu arbeite.» Herr Aghios, den große Freude erfüllte, erzählen, belehren und erfinden zu können (es stimmte nicht, daß man zum Schutz der Lagune zahlreiche Flüsse hatte umleiten müssen!), dachte unweigerlich daran, daß ihn ein Mensch, der ihn sehr flüchtig kannte, vor kurzem als Dichter bezeichnet hatte. Wie man auf Reisen Dinge und Menschen neu entdeckt!

Der Blonde seufzte: «Wie soll ich mir bloß in Venedig bis zur Abfahrt des Zugs um Mitternacht die Zeit vertreiben?»

«Ihr Zug geht auch um Mitternacht?» fragte Herr Aghios.

«Ja», sagte der Blonde. «Ich fahre in Geschäften nach Görz und kehre morgen nach Udine zurück.»

«Warten wir gemeinsam auf den Zug? Ich habe eine halbe Stunde am Markusplatz zu tun. Wenn Sie mir Gesellschaft leisten wollen, lade ich Sie ein!»

Dieser Satz ließ keinen Zweifel offen. Es schien, als wolle der Blonde seine offensichtliche Bedeutung unterstreichen. «Ich bedanke mich für Ihre Großzügigkeit, aber ich möchte Ihnen nicht zur Last fallen.»

Er kannte Herrn Aghios wohl gut, der Blonde. Mit dieser Antwort hatte er seine Unterschrift unter einen Vertrag gesetzt, und Herr Aghios glaubte fest an Verträge. Wenn er etwas gesagt hatte, fühlte er sich daran gebunden und festgenagelt. Er hatte die Einladung ausgesprochen, und der andere hatte klargemacht, sie verstanden zu haben. Es gab keine Möglichkeit, sich zurückzuziehen.

Deshalb beharrte Herr Aghios auf seinem Vorschlag. Der andere nahm noch nicht an.

Mittlerweile war rundum Lagune. In der Ferne sah man die Lichter von Murano, die Herrn Aghios wohlbekannt waren. Er beharrte nicht mehr, sondern begann dem neuen Freund von Murano und seinem Glas zu erzählen.

IV. VENEDIG

Sie traten aus dem Bahnhofgebäude, nachdem sie ihre beiden Köfferchen gegen eine Quittung in der Gepäckaufbewahrung gelassen hatten.

Herr Aghios hatte einen genauen Plan. Er wollte mit dem Dampfboot zur Riva del Carbon fahren und von da zu Fuß nach San Marco gehen, um sich so ein wenig die Beine zu vertreten. Das war im übrigen der einzige Weg in Venedig, auf dem er sich allein zurechtfand; sein Gefährte war zum zweiten Mal in Venedig, kannte sich aber nicht gut aus.

Sie gingen auf die Haltestelle des Dampfboots zu. Als Herr Aghios schon an der Kasse stand, von seinem Freund begleitet, der ihm folgte, ohne seine Einladung ausdrücklich angenommen zu haben, hörte er seinen Namen rufen: «Signor Aghios!» Er drehte sich um. Es war Bortolo, der Gondoliere aus Murano. Herr Aghios begrüßte ihn sehr herzlich: «Hast du etwa die Gondel verkauft, daß ich dich hier als Fußgänger antreffe?»

Der Gondoliere, ein großer, hagerer Mann um die fünfzig, bestand aus lauter Sehnen und Muskeln und hatte ein runzeliges Gesicht, in dem zwei blaue, junggebliebene Augen blitzten. Bevor er antwortete, fragte er erst freundlich und zuvorkommend nach der Gesundheit des Herrn Aghios, seiner Frau Eleonora und schließlich nach dem Sohn. Dann sagte er, die Gondel sei da unten und stehe zur Verfügung: «Bitte schön! Nach San Marco.»

Herr Aghios lachte und schlug vor, den Preis auszuhandeln. Er fragte, wieviel es kosten würde, die Gondel bis zur Abfahrt des Zugs um Mitternacht zu mieten.

Bortolo wollte keinen Preis festlegen. Es war immer so. Nach geleistetem Dienst war es dann schwierig, ihn zufriedenzustellen. Seine Gondel glich einem Vergnügungslokal, von dem Herr Aghios gehört hatte: der Eintritt war frei, man bezahlte erst am Ausgang.

Wie immer gab Herr Aghios nach. Noch vor der Frage kannte er die Antwort, aber er hatte etwas sagen wollen, um für den Augenblick der Bezahlung besser gerüstet zu sein.

Er lud seinen jungen Freund ein, ihm zu folgen, und von Bortolo geführt, stiegen sie zur Anlegestelle hinunter. Bortolo sprang in einen Lastkahn, in eine Gondel, in eine zweite Gondel, die ihm gehörte. Er richtete sich auf wie ein General auf dem Schlachtfeld und suchte sich Platz zu verschaffen, um die Gondel ans Ufer zu rudern. Einem Nachbarn rief er zu, ihn durchzulassen, doch der andere gab ihm mit lebhaften Worten zu verstehen, daß das nicht ging. Schließlich traf Bortolo eine Entscheidung. Er sagte: «Herr Aghios ist an die Lagune gewöhnt, ich habe ihn einmal von Anfang bis zum Ende des Rio della Canonica von Boot zu Boot hüpfen sehen. Und er da» (Bortolo wandte sich an Herrn Aghios' unbekannten Freund), «ich weiß nicht, wie er heißt, aber ich weiß, daß er jung ist und auch einen Sprung machen kann. Ich komme und helfe den Herrschaften.» Er ging zum ersten, am Ufer vertäuten Boot zurück und kniete am Heck nieder, um Herrn Aghios, der ohne Mühe auf den Lastkahn sprang, mit seinem festen Arm zu stützen. Der Gefährte folgte etwas zögernd. Mehr Schwierigkeiten bereitete das flache Transportboot, das überquert werden mußte. Beinahe wäre der junge Mann ins

Wasser gefallen und hätte den Gondoliere mit sich gerissen. Bortolo überstand den gefährlichen Augenblick unverletzt, während sich der junge Mann am Rand des Boots das Knie anstieß.

Bortolo drückte endlos sein Bedauern über den Zwischenfall aus. Er sagte, er habe nicht gewußt, es mit einem Schiffsunkundigen zu tun zu haben: «Es tut mir sehr leid. Ich weiß, wie weh es tut, sich das Knie aufzuschlagen.»

Herrn Aghios' neuer Freund hatte sich in die Gondel gesetzt und rieb immer noch sein Knie. Er murmelte: «Macht nichts. Es war meine Schuld. Ich hätte besser aufpassen sollen.» Herrn Aghios, der ebenfalls nach seinem Befinden fragte, antwortete er, der Schmerz sei nicht der Rede wert.

Während die Gondel vom Ufer glitt, wies Herr Aghios Bortolo an, sie auf dem kürzesten Weg zur Piazza San Marco zu bringen und auf dem Rückweg durch den Canal Grande zu fahren. Ein letzter, vergessener Schimmer der untergegangenen Sonne lag über dem durchsichtigen Wasser, eine sanfte Überraschung, eine Liebkosung nach der langen Reise durch die Herbstlandschaft.

«Ich heiße Giacomo Aghios», sagte Herr Aghios, sich seinem Nachbarn zuwendend. Die Vorstellung schien ihm angebracht, weil der Gondoliere kurz zuvor bemerkt hatte, er kenne den Namen des jungen Mannes nicht.

Dieser drückte die Hand, die Herr Aghios ihm entgegenstreckte, und zögerte einen Augenblick. Dann erklärte er sein Zögern: «Sonderbar! Auch ich heiße Giacomo. Giacomo Bacis. Wie der Name verrät, komme ich aus dem Friaul. Auch Sie, wie mir scheint?»

«Nein! Nein!» sagte Herr Aghios mit einem herzlichen Lachen. «Ich stamme von einer Rasse ab, die viel älter ist als die Kelten.»

«Grieche?» fragte Bacis bewundernd.

Herr Aghios nickte. «Es ist bequem», sagte er, «einer anderen Rasse anzugehören. Es ist, als sei man immer auf Reisen. Man hat viel freiere Gedanken. Und so bin ich, wenn es um einen italienischen Standpunkt geht, weder mit diesem noch mit dem griechischen einverstanden. Der letzte Grieche, mit dem ich einverstanden bin, ist Sokrates.»

«Ich», sagte Bacis, «gehöre zu jenen Friaulern, die zwei Sprachen und einen Dialekt sprechen. Ich bin auch auf Reisen.» Er lachte zum ersten Mal nach dem Bahnhof von Mailand, ein volles, fast kindliches Lachen, das ihn Herrn Aghios' Herzen augenblicklich näherbrachte.

«Wie klug mein neuer Freund ist», dachte Herr Aghios. «Er hat meine Theorie, daß der Reisende ein Mensch der Ausnahmesituation ist, sogleich verstanden, während ich fast sechzig Jahre brauchte, um etwas so Einfaches zu begreifen.»

Nach der Eisenbahnbrücke konnten sie einen Blick auf den Canal Grande werfen. Die schlichten Halbschatten der Dämmerung ließen Farben und Linien des Wassers und der Marmorpaläste deutlich hervortreten. Sie bogen sofort in den Rio ein, wo die überwältigenden Formen des Canal Grande sich mäßigten und zu launischen Motiven abwandelten, die starke Melodie fortsetzend und vervollkommnend, die ihre Sinne noch immer gefangennahm. In Venedig gewinnt man wirklich den Eindruck, von allen Prachtbauten seien Stücke übriggeblieben und für bescheidenere Winkel verwendet worden, die den großen in allen Einzelheiten gleichen, aber einen vollkommen anderen Ausdruck haben.

Die Gondel der Menschenliebe (mit ihm, Herrn Aghios, seinem neuen Freund, den er von großer Trauer ablenkte, und dem Gondoliere, der so gern für ihn ruderte) glitt durch den dunklen, geheimnisvollen Rio, den bald eine breite Anlegetreppe aus Marmor erweiterte, bald eine Mauer verengte, über der sich in der Dunkelheit das Grün von Bäumen abzeichnete, die in dieser Umgebung von Salzwasser und Steinen unglaublich lebendig wirkten.

«Herrlich!» murmelte Bacis.

Aghios' Herz schlug vor Wohlgefallen höher. Es war, als habe man ihm tausendfachen Dank ausgesprochen, den überschäumendsten, über den unsere Sprache verfügt. Und er schickte den Vorfahren einen ehrerbietigen Gruß, diesen Piraten, die mit ihren kleinen Pirogen die Weltmeere befahren, Kostbarkeiten gesammelt, sie in ihre eigentümlichen Häuser gebracht und so aufgestellt hatten, daß alle gleich kostbar wirkten. Wer weiß, woher der weiße Stein kam, der hier im dunklen Rio vor einer Tür den Wasserstand anzeigte. Vielleicht hatte der Pirat mitten im Kampf innegehalten und, im Gedanken an sein Haus, das am ruhigen Rio schlief, diesen Stein unverwandt angeschaut und ihn, ungeachtet seiner Größe, aufgeladen, nur um sein schon vollendetes Heim mit einer neuen Linie zu schmücken?

Herr Aghios kannte Venedigs Geschichte und Venedig selbst nur oberflächlich. Deshalb verwandelte sich sein Wissen so leicht und wurde ein Gefühl. Auch die anderen Griechen hatte die Unwissenheit stets zu großen Taten angeregt. Er kannte die Namen einiger Paläste, aber vor allem kannte er den Unterschied zwischen den Palästen an den Rii und jenen am Canalazzo mit ihren Prunkfassaden; darunter waren einige prächtige Beispiele, andere wirkten überladen und lagen im Wettstreit mit der Pracht ihrer Umgebung. Die Paläste an den Rii waren hingegen quadratisch, in sich ruhend und fügten sich in ihre natürliche Umgebung ein. Er kannte nicht Venedig, sondern die Theorie über Venedig.

Dann versagte Herr Aghios als Führer ganz und gar. Plötzlich war er vom Wunsch erfüllt, den Rio di Noal wiederzusehen, in dem er seit etlichen Jahren nicht mehr gewesen war, und in all den Rii, die sie durchfuhren, ja sogar als sie Santa Maria della Salute und San Marco erreichten, redete er nur von diesem breiten, ruhigen und schlichten Rio, dessen einziger Schmuck das eigene ruhige Dasein und das Bedürfnis nach Schönheit waren.

«Fahren wir hin!» schlug Bacis halblaut vor.

«Die Zeit reicht nicht», seufzte Herr Aghios. «Jetzt ist es acht. Auf dem Markusplatz ist eine halbe Stunde bald vorbei. Dann werden wir mit unserem guten Bortolo mehr als eine Stunde bis zum Bahnhof brauchen, und schließlich müssen wir auch noch etwas essen, denn in unserem Nachtzug werden wir bis Triest nichts bekommen.»

Wenn Herr Aghios ganz ehrlich sein wollte, sah er auch ein, daß es nicht gut gewesen wäre, an diesem Abend den Rio di Noal zu sehen. In seinem starken Verlangen setzte er ihn aus der Ferne sogar über die Piazzetta und den Blick auf San Giorgio und verlieh ihm damit unverhältnismäßig große Bedeutung. Wunsch und Unerreichbarkeit machten ihn schön.

Vor dem Dogenpalast redete Herr Aghios immer noch über die einzige Holzbrücke Venedigs, die ebenfalls an seinem Rio lag... Dann wurde ihm bewußt, daß er einem Menschen, der aufmerksam und in sich gekehrt den Markusdom betrachtete, nicht länger vom Rio di Noal berichten konnte, den dieser nie gesehen hatte.

Danach erzählte Herr Aghios von Venedigs Viertelstunde des Schreckens, nicht während des Kriegs, sondern viel früher, nachdem der Glockenturm in sich zusammengestürzt war; er beschrieb, wie erschreckt die Menschen auf den Zustand des Palasts reagierten, auf die Evakuierung der Bibliothek, auf die Anker zur Befestigung der Mauern am Rio della Canonica, ein Verband, der die riesige Gefahr vor Augen führte und schmerzte wie ein kranker Zahn.

Herr Aghios schlug Bacis vor, beim Markusdom auf ihn zu warten, während er rasch in die Mercerie gehen und dort seinen Auftrag erledigen würde. Als er sich auf den Weg machte, dachte Herr Aghios ganz aufrichtig: «Er wird Venedig besser sehen, wenn ich ihn allein lasse. Ein schöner

Dichter bin ich, dem die Worte fehlen, um seine Eindrücke mitzuteilen. Über die Geschichte weiß ich nichts, die Baustile kenne ich nicht. Was soll's?» Und er überlegte, daß die länger währende Gesellschaft eines einzigen Menschen genügte, um ihm die große Freiheit des Reisens zu nehmen. War man je weniger frei, als wenn man gezwungen war, von Dingen zu reden, die man nicht wußte? Dann überlegte er: «Wäre es nicht besser, mich vom neuen Freund zu trennen?» Es würde ihm weh tun, denn er liebte spontane Zuneigung. Dann dachte er, es sei für ihn besser, die Nacht mit Menschen zu verbringen, die er kannte, und befreite sich vom Zweifel. Er legte die Hand auf die Brusttasche.

Herr Meuli, ein Mann um die fünfzig, immer noch blond, aber kahlköpfig, dick und gebeugt, war in seinem Geschäft mit einer Art Tagesabrechnung beschäftigt, bei der ihm sein Verkäufer half. Er überprüfte winzig geschriebene Notizen auf einem kleinen Stück Papier, während der Verkäufer lose Brillanten in eine mit Samt ausgeschlagene Schachtel zählte.

Als er Aghios eintreten sah, blickte er nicht von der Arbeit auf, fragte ihn aber, das Papier und den Verkäufer im Auge behaltend: «Welch guter Wind hat dich hierhergebracht?»

Herr Aghios richtete ihm aus, wie es seine Frau ihm aufgetragen hatte. Er brachte ihm einen Auftrag von über hunderttausend Lire, aber Meuli schien nicht sehr glücklich darüber. Im Gegenteil, er tat, als ob er sich verteidigen müsse, und erklärte: «Ich bin heilfroh, daß ich mich für diese

Perlenkette nicht verpflichtet habe. Es bleibt also dabei! Ich lege sie für die Freundin deiner Frau zurück, und damit ist die Sache erledigt.» Dann: «Bleibst du in Venedig?» Aghios antwortete, er müsse um Mitternacht abreisen.

«Mit dem Güterzug?» fragte Meuli erstaunt.

«Es geht nicht anders. Ich bin um zwanzig Uhr in Venedig angekommen, und der Schnellzug nach Triest fährt um achtzehn Uhr. Morgen früh muß ich in Triest sein.»

Meuli schaute ihn lachend an. Aghios hatte für ihn etwas derart Langsames, daß ihm so viel Eile unmöglich schien.

Aghios verließ das Geschäft leicht erstaunt. Meuli war ihm noch gebeugter vorgekommen als andere Male und auch ein wenig wächserner. «Ist er etwa krank? Er war so sehr damit beschäftigt, Geld zu verdienen, daß er sterben könnte, ohne es zu merken.»

Der Tod war im Leben eingeschlossen, und bei Menschen wie Meuli brauchte es einem nicht allzu leid zu tun, wenn sie starben. Nicht, daß Aghios ihm den Tod wünschte, da sein freier Platz ohnehin augenblicklich ein anderer Meuli einnehmen würde, doch diesem Meuli würde keiner zu sehr nachtrauern. Er hatte nur einige arme Schwestern, die dank seinem Tod endlich zu Geld kämen.

Meuli war in der Volksschule in Triest sein Freund gewesen. Dann war er auf abenteuerliche Art durch die Welt gezogen. Er redete nicht gern darüber, doch man sagte, er sei auf Jamaika sogar Sklavenaufseher gewesen. Schließlich war er ohne einen roten Heller und völlig heruntergekommen nach Triest zurückgekehrt. Etwas aber hatte er mitgebracht: er sprach fließend sieben Sprachen, wobei er keine einzige schreiben konnte. Herr Aghios, der Englisch sprach, staunte, als er ihn einmal mit einem Kunden in dieser Sprache reden hörte. Was die Aussprache anbelangte, hätte man in ihm einen Engländer vermutet. Wahrscheinlich kannte er nur gerade die wenigen Worte, die er brauchte, um die Käufer zu begrüßen und zu beschwindeln, doch Herr Aghios fand es herrlich, denn er lernte seit vielen Jahren Englisch, aber wenn er den Mund aufmachte, war es, als habe er ihn immer geschlossen gehalten, denn keiner verstand ihn.

Der moderne Pirat hatte nicht einen Stein mitgebracht, um sein Haus zu schmücken, sondern sieben Sprachen, um es damit zu bauen. Allerdings mußte eine Möglichkeit gefunden werden, die sieben Sprachen an einem Ort zu nutzen, wo man ohne das Schreiben auskam. Mit Raubvogelblick entdeckte Meuli den internationalsten Punkt auf dem Globus, den Markusplatz. Darauf mußte er sich stürzen. Aber das war nicht leicht, denn es wäre schlimm gewesen, so, wie er war und ohne einen Heller in der Tasche, dort anzukommen. Hier griff Aghios mit einer seiner guten Taten ein, die ihm das Leben erwärmten: er schenkte Meuli einige seiner Anzüge, ein Paar Stiefel und Wäsche und trug auch dazu bei, ihm die Taschen zu füllen.

Jahre vergingen, Meuli machte Karriere, indem er sich mit den Ausländern mit ungefähr hundert Worten in jeder Sprache unterhielt und ihnen erst

Spitzen und dann Brillanten verkaufte. Eines schönen Tages war Herrn Aghios Herz einen Augenblick lang von großer Dankbarkeit für seine Frau erfüllt. Das geschah manchmal. Es wurde ihm bewußt, daß er wenig an sie gedacht und daß sie unermüdlich für ihn gearbeitet hatte. Der Zufall wollte es, daß er mehr Geld als üblich in der Tasche hatte. Er beschloß, ihr eine Perlenkette zu schenken. Herr Aghios verstand gar nichts von diesen Dingen, doch er hatte eine Idee: Meuli war ein alter Freund, der ihm viel verdankte, deshalb konnte er ihm trauen. Er bestellte also die Kette, und als das Geschenk eintraf, überreichte er es sogleich seiner Frau. Signora Eleonora freute sich darüber, sie dankte ihm, wollte aber auch den Preis wissen und schrie auf, Meuli habe ihn betrogen. Die Perlenkette bestand aus lauter unregelmäßigen Perlen rundum mit Höckern von unterschiedlicher Größe und Ausrichtung.

Herr Aghios war wütend und fuhr unverzüglich nach Venedig. Er erhielt sein Geld ohne weiteres zurück, aber das reichte ihm nicht, er verlangte von Meuli eine Erklärung. Der sagte ihm schließlich leicht traurig, Schmuckstücke kaufe man nicht brieflich. Besonders für Perlen genüge es nicht, Gewicht und Größe anzugeben. Ein alter Juwelier, der eine solche Bestellung erhalte, nehme natürlich das seltene Geschenk der Vorsehung an.

Bis die Angelegenheit bereinigt war, sprach man nicht über die lange zurückliegende Hilfe, die Herr Aghios Meuli erwiesen hatte, doch bei einer späteren Gelegenheit wagte es Meuli, sich seiner großen Korrektheit zu brüsten, da er ein großes Geschäft so anstandslos rückgängig gemacht habe. Herr Aghios konnte das nicht schweigend übergehen und erinnerte Meuli an die erwiesene Hilfe, die ihm erlaubt hatte, sich auf Venedig zu *stürzen* und seine Beute zu ergreifen. Meuli kniff die Augen zusammen, als versuche er angestrengt, etwas zu erkennen, das Ewigkeiten zurücklag. Er erinnerte sich und sagte lächelnd: «Deiner Hilfe verdanke ich es also, daß du mir bei deinem Kauf den Vorzug gegeben hast? Man kann sich auf der Welt in keiner besseren Lage befinden als in der eines Menschen, der einmal Hilfe empfangen hat.»

Herr Aghios war wie gebannt von dieser scharfsinnigen Bemerkung und bewahrte dem undankbaren Freund seine Freundschaft. Zumindest in einer Sprache verstand es Meuli, fein überlegte Dinge auszudrücken. Wenn er jedoch geschäftlich mit ihm zu tun hatte, war er wachsam. So war zwischen ihnen alles klar, und ihre Freundschaft wurde durch die häßliche Geschichte nicht beeinträchtigt.

Aghios fand Bacis mitten auf dem Markusplatz, noch immer in Bewunderung.

«Jetzt steigen wir in unsere Gondel», schlug er vor, «und machen eine wunderschöne Fahrt zum Bahnhof.»

Sie zogen los. Aus Venedigs Geschichte wußte Aghios eines ganz genau: den Brand des Dogenpalasts und dessen Datum. War er eilig wiederaufgebaut worden? Auf die Piazzetta zugehend, dachte Aghios: «Ich werde nachschlagen müssen, ob ich richtig informiert bin.» Vor dem anmutigen

Bau, dessen festliche Pracht niemanden das Elend der Bleikammern ahnen ließ, machte Aghios seinen Freund Bacis auf die unterschiedlichen Fenster aufmerksam und auf den großen Balkon in der Mitte. Am reichsten war der vom Feuer verschonte Teil. Hatte man beim Wiederaufbau sparen wollen oder etwas Neues erfunden? Sicher hatte man nicht versucht, den Unterschied zwischen alt und neu zu verbergen, der wiederaufgebaute Teil war schon durch seine Lage deutlich erkennbar. Oh! Wie sehr Aghios diesen Palast liebte, in dem sich das prunkvolle Venedig mit dem bescheidenen Venedig zu vermählen scheint! Hier war ein Werk dank der Naturgewalt Feuer erst vollendet worden. Ein italienischer Minister hatte vorgeschlagen, den Palast originalgetreu wiederaufzubauen, doch alle, die hier aufgewachsen waren, hatten das abgelehnt. Würde es heute in Venedig oder anderswo brennen, bliebe als Lösung lediglich, das Ursprüngliche wiedererstehen zu lassen, wie das mit dem Glockenturm geschehen war, aber früher? Früher schuf ein Brand Gelegenheit zur Variation des Alten, das wie eine Pflanze kräftig genug war, um neu auszuschlagen.

Sie stiegen in die Gondel, vom Mann mit der Stange gestützt, der in Venedig bei allen Fährbooten wartet. Der schwere Herr Aghios war für die Hilfe sehr dankbar und belohnte den guten Mann, der sich so hilfsbereit zeigte, mit einem Lächeln. Als er neben Bacis saß, sagte er: «Dieser Mann mit der Stange ist in Venedig wirklich eine Notwendigkeit und scheint denen, die Venedig nicht kennen, wie viele andere Dinge hier überflüssig.»

Auf der Fahrt nannte Herr Aghios die Namen der Paläste, die er kannte. Mehrmals verbesserte ihn Bortolo, der von oben ihre Unterhaltung verfolgte, als säße er auch in der Gondel. Das langsamste Verkehrsmittel dieser Welt ist die Gondel mit einem Ruder, weil die Kraft des Gondoliere zu einem Teil verlorengeht, wenn er, bevor er das Ruder wieder ins Wasser taucht, einen Augenblick innehält. Man kommt sehr langsam vorwärts, nicht schneller als in einem Museum.

Herrn Aghios machte es gar nichts aus, vom Schiffer berichtigt zu werden und deshalb weniger gelehrt zu erscheinen. Er hatte in seiner Seele andere Reichtümer, über die er nicht sprechen wollte. In der Stille des Canalazzo prägte sich die dunkle Nacht unauslöschlich in seiner Seele ein; sie war noch hell genug, um die vielen Dinge zu erkennen, die glänzten. Dazu zählte auch diese Gondel der Menschenliebe mit dem jugendlichen, sicheren Bortolo, der aufrecht und unbeweglich hinten in der Gondel stand, und dem jungen Mann neben ihm, den er für eine halbe Stunde von seinem großen Schmerz abzulenken vermocht hatte. Nicht länger, denn eben hatte Bacis einen Seufzer verlauten lassen, der wie Schluchzen tönte. Aghios war bei diesem Schmerzenslaut zusammengefahren. Er war sich eine Weile unschlüssig, ob er ein tröstendes Wort sagen sollte, doch dann zog er es vor, zu schweigen. Man soll sich nicht einmischen.

Bacis hatte sich in der Gondel ausgestreckt wie zuvor im Zugabteil und schwieg für lange Zeit. Dann überraschte und rührte er Herrn Aghios mit einer Bemerkung, über die er wohl lange nachgedacht hatte: «Bestimmt bin ich nicht die Gesellschaft, die Sie verdienen. Das ist der traurigste Tag in meinem Leben, und ich werde nie vergessen, daß Sie ihn mir mit Ihrer Güte erträglich machen wollten. Wären Sie nicht gewesen, würde ich jetzt in diesem trostlosen, himmeltraurigen Bahnhof umherirren.»

«Na, so traurig ist der Bahnhof nun auch wieder nicht!» meldete sich Bortolo gutgelaunt. «Man muß sich nur auskennen! Da gibt es eine Weinstube, sag' ich euch...» Und er nahm die rechte Hand vom Ruder, führte sie zum Mund und drückte einen Kuß darauf.

Der junge Mann sagte nichts. Herr Aghios schwieg ebenfalls, obwohl es ihm leid tat, die Anstrengung des armen Bortolo, der sie doch hatte aufheitern wollen, mit keinem Wort zu belohnen.

«Sie werden sehen», sagte er, ohne lange nachzudenken, «daß auf den traurigsten Tag des Lebens andere voller Freude folgen.»

«Das ist unmöglich!» erwiderte Bacis heftig.

«Ach! In der Jugend ist man immer todunglücklich!» brummte Bortolo. «Seit eh und je will man sich in dem Alter einmal pro Tag umbringen.»

Diese Bemerkung war besser gelungen als die erste. Mit einem Lächeln drehte sich Herr Aghios zum Gondoliere um: «Aber bei euch Gondolieri sind die Selbstmorde auch unter jungen selten.»

Der Gondoliere überlegte einen Augenblick, bevor er antwortete, und beugte sich nach vorn, um das Ruder kräftig durchzuziehen. Dann pflichtete er, sich wieder aufrichtend, bei: «Das stimmt!»

Er beugte sich nochmals vor, langsam und nachdenklich. Dann sagte er, die Worte langziehend: «Wir armen Kerle sind so gewohnt, unser Leben zu verteidigen, daß wir es nicht um nichts hergeben.»

Energisch, aber leise, so daß es der Gondoliere nicht hören konnte, flüsterte Bacis Herrn Aghios ins Ohr: «Auch ich bin ein *armer Kerl,* mein Schmerz jedoch ist so groß, daß ich mit dem Leben, das ich immer verteidigt habe, nichts mehr anzufangen weiß.»

Aus diesen Worten sprach ein wütender Schmerz. Aghios dachte aber kaum an diesen Schmerz, sondern erschrocken an sich selbst. Das hatte er gut gemacht, sich einen solchen Gefährten aufzuhalsen, der sich vielleicht neben ihm umbringen wollte. Oh! Wieviel lieber wäre ihm die Gesellschaft seiner Frau gewesen!

Mit ebenso leiser, aber angsterfüllter Stimme sagte er zu Bacis: «Ich will hoffen, daß Sie in meiner Gegenwart nicht plötzlich Hand an sich legen.»

«Oh! Seien Sie unbesorgt!» versicherte ihn Bacis. «Ich habe versprochen, morgen in Udine zu sein, und werde morgen bestimmt in Udine sein. Außerdem... sterbe ich nicht gern. Und vor allem habe ich immer noch Hoffnung. Sie waren so nett zu mir, daß ich Ihnen alles erzählen werde, sobald wir allein sind. Sie werden sehen! Ich liebe und habe die Liebe verraten. Es wäre auch gar nicht anständig, jetzt zu verschwinden. Ich werde Ihnen alles erzählen. Ihnen kann ich mein Geheimnis ruhig verraten, ohne jemanden zu kompromittieren. Morgen haben Sie meinen Namen und die ganze Geschichte vergessen.»

Herr Aghios widersprach nicht. Er wußte, daß man von Reisen wenig in Erinnerung behält. Gesichter gehen vorbei und häufen sich wirr in einer Ecke des Gedächtnisses an, sie werden zu einer Gesamtheit, zu einer Nation, zu einem Geschlecht, aber nie zu Einzelwesen. Reisen glichen Träumen, an die man sich nur mit Mühe erinnert, weil sie in der dunklen Nacht aufleuchten wie Magnesiumblitze, in denen sich Dinge und Personen bewegen. Da befand man sich in einem Eisenbahnwagen und redete, und alles, was man sagte, hatte einen Geschmack von unbestimmter Theorie, in diesem Wagen, der wie alle Wagen war und durch eine Landschaft fuhr, die ihm nicht angehörte. Es konnte aber auch anders sein: Vor zwanzig Jahren hatte sich eine junge Frau, die er nie gesehen hatte, in der Nacht vom Dampfer geworfen, auf dem er in seiner Kabine schlief. Weil er auf diesem Schiff gewesen war, vergaß er nie mehr den Namen dieser jungen Frau; er stellte sich vor, wie sie ins Wasser fiel, vielleicht noch an der Oberfläche trieb und sah, wie der erleuchtete Dampfer sich entfernte und sie der Nacht und dem Tod überließ. Am Morgen danach wurde an Bord eine Untersuchung durchgeführt; er stotterte bei der Befragung, weil er sich schuldig fühlte, geschlafen zu haben, statt dem jungen Mädchen zu helfen, es hatte seine unüberlegte Handlung vielleicht schon bereut und, bevor es sich mit dem Tod abfand, laut um Hilfe gerufen. In diesem Fall hatte ihn die seltene Begegnung mit dem Tod beeindruckt. Den ganzen Rest hatte er vergessen. Sicher waren es nicht seine Betrachtungen über schöne Frauen, Hunde, Katzen und sogar über Menschen, die haftenblieben. Aber die Gesichter! Es war schwierig (zumindest für ihn), sich an eine Linie zu erinnern, während es ihm sehr leicht fiel, einen Gesichtsausdruck im Gedächtnis zu behalten.

Bacis hatte die Augen wieder geschlossen und sich auf das Kissen zurückgelehnt. Die Erinnerung an seinen Schmerz hatte ihn mit aller Kraft eingeholt und von Venedig entfernt.

Herr Aghios ließ ihn in Ruhe und hing den eigenen Gedanken nach. Bacis hatte geliebt und verraten! In diesen Worten lag eine derartige Konzentration menschlichen Geschicks, daß es Herrn Aghios schien, wieder aus einem mit voller Geschwindigkeit fahrenden Zug auf das menschliche Schicksal zu blicken und nichts anderes sehen zu können als jenen Teil, der allen Sterblichen gemeinsam ist. In der tiefen Stille der Lagune, wo er kein anderes Leben als das in der Gondel wahrnahm, das eigentlich nicht aus sich selbst Leben war, sondern durch das betrachtende Auge dazu wurde, konnte sich Herr Aghios, ungeachtet der Granitpaläste rundum, die nicht notwendigerweise das Leben einschlossen, den ganzen Erdplaneten ohne Leben vorstellen. Wenige Tage zuvor hatte er in einer Zeitung gelesen, es gelte als erwiesen, daß die Erde, als sie schon bewohnbar war, zufällig mit Leben von einem anderen Planeten infiziert worden war. Damit erklärte sich alles: die kleinen Tiere, die sich auf der Erde angesiedelt hatten, begannen frei zu lieben und die Liebe zu verraten; sie fielen über alles her, über das Meer und das Festland, um sich zu entwickeln und in jedem ihrer Stadien weiter zu lieben und zu verraten.

«Ich gebe mir Mühe, leise zu rudern, damit ihr nicht aufwacht», sagte Bortolo, dem es schwerfiel, so lange still zu sein.

Ja! Es war nicht richtig, schweigend durch die Lagune zu fahren und sie zu vergessen. Der Palazzo Pesaro kam in Sicht, ein brauner, der Kunst geweihter Tempel aus Quadersteinen, und Herr Aghios erwähnte laut den großen Triestiner Künstler Umberto Veruda, dessen Meisterwerk dort ist.

Bacis öffnete kurz die Augen, um sie gleich wieder zu schließen. Doch Herr Aghios fühlte sich von dieser Erinnerung belebt. Die Lagune gehörte allen Venetern, auch ihm. Sie war ihre Öffnung zur großen Welt.

Warum stieg er aus solchen Höhen plötzlich wieder so tief hinab, um sich an Meuli, den Mann der sieben Sprachen, zu erinnern? Vielleicht wollte er seinen Gefährten ablenken, der für die sie umgebende Schönheit nicht mehr empfänglich schien. Ohne einen Namen zu nennen, erzählte er sein Abenteuer mit Meuli, die Hilfe, die er ihm erwiesen hatte, und wie er dafür belohnt worden war.

«Ich wette», sagte Bortolo, «daß dieser Lump von...» Und er nannte einen anderen Juwelier.

Aghios widersprach, aber Bortolo beharrte: «Ich kenne ihn! Das sieht ihm ähnlich.»

«Er kann es aber nicht sein, weil er nicht aus Triest stammt», sagte Aghios ungeduldig. Um nichts in der Welt wollte er als Spur seiner Fahrt durch den Canalazzo eine Verleumdung zurücklassen.

«Er stammt aus Korfu, das ist noch schlimmer», ließ sich Bortolo entschlüpfen.

Aghios lachte über soviel Naivität, denn auch der Gondoliere gab sich Mühe und redete, um das Trinkgeld zu erhöhen.

«Und Sie verkehren immer noch mit diesem Kerl?» fragte Bortolo mit lebhaftem Interesse.

«Natürlich! Und mit Vergnügen! Er ist ein ausgezeichneter Juwelier, hat wunderschöne Dinge, und ich empfehle ihn allen meinen Freunden, rate ihnen aber, auf der Hut zu sein.»

«Sie haben wohl viele reingelegte Freunde», sagte Bortolo, während er das Ruder gegen den Grund des Kanals stemmte und der Gondel frischen Schwung gab.

Aghios lachte von Herzen. Dann erklärte er Bacis, daß ihn Meulis elegante, gelassene Philosophie überzeugt hatte. «Es ist ein großer Gedanke, aus erhaltener Hilfe später nochmals Nutzen zu ziehen.» Aghios lachte wieder herzlich. «Ich gebe einmal, und dann gebe ich ein zweites Mal, so geht die Rechnung auf.»

«Sie sind ein bewundernswerter Mensch», sagte Bacis mit tiefer Stimme. Er schloß die Augen nicht wieder, schien aber in tiefes Nachdenken versunken. Als Aghios ihn auf den Palazzo Labia aufmerksam machte, der wirklich keinen Grund hatte, den Eindruck zu geben, als ziehe er sich in übertriebener Bescheidenheit vom Canalazzo zurück, und ihm erzählte, nach einer Legende liege rund um den Palast goldenes Geschirr im Kanal, das einst nach jedem Bankett dort hineingeworfen wurde, würdigte ihn Bacis eines zerstreuten Blicks.

Beim Aussteigen fragte Aghios den Gondoliere, wieviel er ihm schulde. Bortolo erklärte, er vertraue auf seine Großzügigkeit. Als Herr Aghios getan hatte, was er für großzügig hielt, bemerkte Bortolo: «Einverstanden, aber Sie haben vergessen, daß ich so spät ganz allein nach Murano zurückfahren muß. Dafür verdiene ich auch etwas.» Und da er sah, daß seine Bemerkung Herrn Aghios nicht sehr zu überzeugen schien, fügte er hinzu: «Ich verspreche Ihnen, durch den Rio de Noal zu fahren und Ihnen zu telegraphieren. Ich wußte nicht, daß er so schön ist. Ich werde ihn zum ersten Mal anschauen.» Das gefiel Herrn Aghios und spornte ihn zu mehr Großzügigkeit an.

V. IM BAHNHOF VON VENEDIG

Der Bahnhof war fast leer. Im Restaurant waren drei Tische besetzt von Menschen, die keine Reise vorzuhaben schienen, da sie ohne Gepäck waren. Keine einzige Frau, abgesehen von einer Alten, die hinter der Theke an der Kasse stand.

Herr Aghios brannte darauf, daß Bacis sich ihm anvertraute, und war vollauf mit einer negativen Tätigkeit beschäftigt: er mußte sich selbst daran hindern, eine Anspielung zu machen oder ein Wort zu sagen, das Bacis als Ermunterung hätte auffassen können, sich ihm anzuvertrauen. Um sich schauen konnte er auch nicht. Er reiste nicht, sondern befand sich in einem Gebäude. Wenn es sich der junge Mann inzwischen anders überlegt hatte, würde er ihn nicht umzustimmen versuchen. Er würde eben noch ein Opfer bringen für Bacis und seine Tragödie. Aber er durfte keinen Fehler machen, denn Fehler, die man auf Reisen begeht, sind nicht wiedergutzumachen. Man sieht die Menschen, denen man hilft, nie wieder und kann nichts mehr berichtigen.

Eine Weile waren sie mit dem Kellner beschäftigt. Herr Aghios bestellte kaltes Fleisch und Wein. Es blieb noch viel Zeit. Bortolo hatte es verstanden, sich schon um elf seiner Fracht zu entledigen, obwohl die Gondel bis Mitternacht gemietet war. Bacis ließ sich von Herrn Aghios ein Stück Brot und ein Stück Fleisch anbieten, aß aber nach mehrmaliger Aufforderung nur einige Bissen davon. Hingegen leerte er, ohne es zu bemerken, während des Gesprächs etliche Gläser Wein, fast als seien die Gläser die Satzzeichen. Herr Aghios tat es ihm gleich und trank ebenfalls viel, auch er, ohne es zu bemerken.

Es bestand keine Gefahr, daß Herr Aghios nicht ins Vertrauen gezogen würde. Eine Flut von Worten ergoß sich über ihn. Gleich zu Beginn waren sie heftig, als seien sie zu lange in Bacis zurückgehalten worden.

«Ich hätte schon in der Gondel geredet. Aber nicht vor dem Gondoliere. Mein Gott! Ein unerträglicher Mensch! Bestimmt mischte er sich ein, um sich einzuschmeicheln und mehr Trinkgeld zu bekommen. Ich hatte wirklich Lust aufzustehen, unbemerkt zu ihm hinzuschleichen und ihn ins

Wasser zu werfen.» Herr Aghios war damit beschäftigt, das ihm zugewandte Gesicht zu betrachten, das er zum ersten Mal ganz genau sah. Es war das Gesicht eines jungen Mannes, zu dem der heftige Zorn, der sich darauf zeigte, nicht passen wollte. Blitze zuckten in den großen blauen, schöngeformten und gesunden Augen, da die Cornea schneeweiß war und keine Spuren von Blut oder Galle durchschimmern ließ. Das dichte blonde Haar, von dem eine Locke immer wieder in die Stirn fiel, so daß Bacis sie mit der Hand zurückstreichen mußte, nahm im Licht des Restaurants manchmal eine rote Färbung an. Ein leichter Flaum bedeckte die Oberlippe, und der mehrtägige Bart, vielleicht ein Ausdruck der Tragödie, die der junge Mann erzählte, stand in sonderbarem Gegensatz zu dem sauberen, tadellos gebügelten Anzug und dem frischgewaschenen Hemd.

Herr Aghios konnte sich nicht enthalten, den armen Bortolo zu verteidigen: «Der Ärmste! Er tut, was er kann!»

Bacis mußte erst eine Weile nachdenken, bevor er das zugestehen konnte. Dann gab er Herrn Aghios recht und murmelte: «Sicher tut jeder in dieser Welt, was er tun muß. Vielleicht sollte ich das auch tun und wäre weniger unglücklich.»

«Auch ich», dachte Herr Aghios, und um sicher zu sein, stürzte er ein Glas Wein hinunter. Es war nicht leicht, Bacis' Bericht Wort für Wort zu folgen, denn er mußte leise sprechen, um von den anderen nicht gehört zu werden. Mit der Zeit leerte sich das Restaurant, außer ihnen befand sich nur noch die alte Frau hinter der ziemlich weit entfernten Theke im Raum. Da hob Bacis ein paarmal die Stimme, und das war noch schlimmer. Ein altes Trommelfell wie das von Herrn Aghios hört feine Töne aus ersichtlichen Gründen nicht. Ebensowenig kann es aber einen lauten Schrei wahrnehmen und unterscheiden, wenn es nicht darauf vorbereitet ist. Doch die Wirkung dessen, was Bacis sagte, wurde von Herrn Aghios' Taubheit nicht beeinträchtigt. Schreien und Weinen verlieren ihre Wirkung nur, wenn die Worte, die sie begleiten, der Situation nicht angepaßt sind.

Der Zusammenhang war ihm klar, die Geschichte war nicht sehr kompliziert. Bacis war in Mailand aufgewachsen, stammte aber aus dem Friaul und wurde, als er siebzehn war, von einem Cousin der Mutter nach Torlano in Karnien geholt, um sich bei der Leitung seines Landwirtschaftsbetriebs helfen zu lassen. Dieser Cousin hatte eine einzige Tochter, Berta, und von Anfang an stand aufgrund einer stillschweigenden Abmachung fest, daß Bacis sie heiraten und Besitzer des Betriebs werden würde, den er nun verwaltete. Der junge Mann, der von der Übereinkunft wußte, liebte Berta nicht. Er empfand sogar eine Art Abneigung gegen den herrischen, anmaßenden Charakter des Mädchens, doch die materiellen Vorteile, die in vielen jungen Herzen mehr zählen als alles andere, lockten ihn; er liebte den Betrieb und die junge Frau mit derselben Liebe.

«Ihr Äußeres gefiel Ihnen wohl nicht», sagte Herr Aghios, der das Leben kannte. «Wenn einem eine Frau nicht gefällt, glaubt man auch sicher zu wissen, daß sie einen abstoßenden Charakter hat.»

«Mag sein!» sagte Bacis, bemüht, diese Idee möglichst rasch zu übergehen, weil sie ihn vom Fluß seiner Gedanken ablenkte. Doch dann konnte er die Geschichte nicht fortsetzen, ohne den Einwand, der sich ihm an die Beine kettete und am Weitergehen hinderte, vollends entkräftet zu haben. «Bevor ich Anna liebte, liebte ich eine andere Frau...»

«Wer ist Anna?» unterbrach ihn Herr Aghios.

«Anna ist die Nichte von Bertas Vater. Sie hinderte mich daran, die Augen zu verschließen und Berta zu heiraten, ohne zu bemerken, daß ich sie nicht liebte. Ich liebte Berta nicht, und daran war ihr Charakter schuld. Vor Anna liebte ich eine andere Frau, ich weiß nicht wann, in meiner frühen Kindheit, aber ich weiß, daß auch die andere sehr schwach, sehr sanft war, sie brauchte Schutz und neigte eher zum Weinen als zum Kämpfen.»

«Mit einem Wort, sehr schlank», sagte Herr Aghios, der gut verstand, weil er denselben Geschmack hatte. Herr Aghios bemerkte nicht, daß er hartnäckig auf seiner ersten Idee beharrte und deshalb Gefahr lief, Bacis' Erzählung aufzuhalten.

«Sehr schlank! Ja, auch schlank», sagte Bacis, sich ergebend. Herr Aghios seufzte zufrieden, weil er richtig geraten hatte.

Der junge Mann war Anna oft im Haus der Verlobten begegnet, aber er hatte sich nicht gleich in sie verliebt. Sie war ein Kind, ein richtiges vierzehnjähriges Kind. Ein bereits erwachsener Zug zeigte sich nur in ihrem Verhalten den reichen Verwandten gegenüber: sie unterwarf sich ihnen in allem, und darin lag die Berechnung eines Menschen, der seinen Verstand zu nutzen wußte. Als Anna fünfzehn Jahre alt war, wurde diese Unterwürfigkeit noch erwachsener; sie hüllte sich in leichte Traurigkeit, und es schmerzte sie, wenn sich in ihr Auflehnung dagegen regte, die sie unverzüglich unterdrückte, aber nicht schnell genug, um den Verwandten zu entgehen, die sie deshalb haßten. Sie trug bescheidenere Kleider als zuvor, doch auf dem zarten Körper wirkte jeder Lumpen.

Herr Aghios hatte schon genug getrunken, um sicher zu sein, daß er die Freiheit, die er fast den ganzen Tag genossen hatte, auch gegenüber einem so eindringlichen Gesprächspartner voll und ganz würde bewahren können.

Mit der Erfahrung eines Menschen, der viel geliebt und erhofft hat, aber auch mit der Gelassenheit des alten Mannes, der, einem sachlichen Forscher vergleichbar, dem Leben Elemente gestohlen und sich damit in einem Laboratorium eingeschlossen hat, bemerkte er: «Diese Lumpen, die an der geliebten Frau haften, weiten ihr Bild aus. Es ist, wie wenn man ein unförmiges Stückchen Metall über eine Flamme hält. Wenn es zu glühen beginnt, strahlt es dasselbe oder gar ein stärkeres Licht als die Flamme selbst aus. Aber es besteht doch ein Unterschied. Alle sehen das Licht. Nicht alle jedoch die Schönheit der Lumpen. Ein großer Unterschied!»

Bacis stürzte ein Glas Wein hinunter, um den Faden nicht zu verlieren. Doch in Gesellschaft von Aghios genügte ein Glas nicht, denn der wollte auf Reisen alles klarsehen.

«Ich denke deshalb, daß diese Lumpen wie Farben sind, deren Schönheit nur Künstler oder Kenner sehen. Ja klar! Das leuchtet doch ein! Nur wer liebt, ist ein Kenner.» Da nahm auch Herr Aghios einen Schluck, um sich für so viel Scharfsinn zu belohnen.

«Aber alle sagen, daß Anna sich mit bescheidensten Mitteln wunderbar kleidete.»

Dann wurde Bacis noch heftiger, um Herrn Aghios keine Zeit für Zwischenbemerkungen zu lassen.

Doch jetzt redete er deutlich und immer mit der gleichen leisen Stimme, als schäme er sich vor sich selbst, so daß Herr Aghios jede Silbe verstand.

«Wer war Anna? Eine Magd. Wer war ich? Ich wußte nicht, daß ich ein unglücklicher Sklave war. Ich galt schon als Schwiegersohn des Besitzers. Man konnte vernünftigerweise von mir nicht verlangen, auf die hohe Position zu verzichten, die man mir anbot. Deshalb beschloß ich, Anna zu genießen und Berta zu heiraten. Vorsätzlich und langsam. Jeden Morgen, wenn ich aufstand, befaßte ich mich mit der Frage: ‹Was werde ich heute tun, um Anna zu erobern?› Von den anderen unbemerkt, umgab ich sie mit meinen Aufmerksamkeiten. Es war sehr leicht, sie zu bekommen! Die einzige Schwierigkeit war, sie allein anzutreffen und ein Fensterbrett zu übersteigen. Ich habe es bis heute nicht verstanden; alle in Torlano bewunderten ihre Bescheidenheit, ihre Zurückhaltung, ihre Frömmigkeit. Diese Leichtigkeit war es vielleicht, die mich so stark an sie band, sie war mein Unglück und wird, so Gott will, ihre Rettung sein. Warum vertraute sie mir so rasch? Täuschte sie die Aufrichtigkeit meines Fleisches? Können Sie das als Philosoph erklären?»

Bacis' Worte rüttelten Herrn Aghios' benebelten Kopf auf: «Aufrichtigkeit des Fleisches.» Ein Wirbel von Gedanken drehte sich um diese Worte. «Waren die Tiere mit ihrer Aufrichtigkeit des Fleisches etwa aufrichtig? Auch ihre Aufrichtigkeit dauerte nur einen Augenblick und war nicht verpflichtend. Bacis hatte diese Aufrichtigkeit befleckt, weil er Anna im selben Augenblick etwas vorgetäuscht hatte. Auch er hatte die Aufrichtigkeit des Fleisches nur dazu benutzt, besser zu betrügen.»

«Mich nennen Sie einen Philosophen, und dabei haben Sie eben erst den schrecklichen Gedanken von der Aufrichtigkeit des Fleisches geäußert, dem die Falschheit eines anderen Teils des Körpers widerspricht, der auch Fleisch ist, aber entwickeltes!»

«Ich habe keine Zeit, an solche Dinge zu denken», sagte Bacis achselzuckend. «Ich denke nie nach; ich erinnere mich, um zu leiden. Es war so, wie ich's gesagt habe. Sie dachte immer, ich sei aufrichtig, und ich wußte immer, daß ich sie betrog. Ich glaube nicht, etwas vorgetäuscht zu haben. Mein fester Wille, den Reichtum zu heiraten, ließ mir keine Zeit dazu. Ich war auch immer bereit, ihr klarzumachen, daß sie für mich und meine Frau die bescheidene Magd bleiben mußte. Ich dachte sogar daran, ihr zu sagen, tagsüber werde sie weiter meine Frau bedienen und nachts ab und zu mich in ihrem Bett empfangen. Nur eine Zeitlang, bis mein Verlangen gesättigt sein würde. Ich sagte das alles nicht, weil es mir selbstverständlich schien. Zur Eile bestand kein Grund. Wäre nicht mein dummes Gehirn gewesen, das nicht so reagiert, wie es soll, hätte ich für immer fröhlich und bequem leben können. Nicht Anna hat mich unglücklich gemacht, sondern mein dummes Herz.»

Bacis fuhr fort und erzählte, zu jener Zeit habe er erfahren, sein Bruder, der als Kassierer in einer Bank arbeitete, habe sich etwas zuschulden kommen lassen und die Mutter gräme sich deswegen zu Tode. Die Mutter flehte ihn an, zehntausend Lire zu besorgen, um die Familienehre zu retten. Er zog Bertas Vater ins Vertrauen, den er schon als eigenen Vater betrachtete. Der gab ihm sogleich die zehntausend Lire, wollte aber Berta sagen, daß diese Summe von der Mitgift abgezogen werde. So wurde er offiziell zu Bertas Verlobtem. «Es brauchte wenige Worte, um Annas Geliebter zu werden, und ebenso wenige, um Bertas Verlobter zu werden. Der Vorschuß auf Bertas Mitgift war dasselbe wie Annas Einverständnis, ihren Körper zu genießen. So verbrachte ich alle meine Tage mit Berta und alle meine Nächte mit Anna. Das große, ausgedehnte und schmucklose Gehöft, in dem wir lebten, war wie geschaffen für mein Doppelleben. Im einen Flügel befanden sich das Büro und die Wohnung von Bertas Familie. Ich schlief in einem Zimmer des Erdgeschosses außerhalb des Büroteils. Im anderen Flügel, inmitten von Kammern, in denen die Knechte und Mägde nach der anstrengenden Tagesarbeit schliefen, befand sich Annas Zimmer. Wir hatten drei Wachhunde, die mich freudig, aber stumm begleiteten, wenn ich von einem Teil des Hauses zum anderen lief. Tagsüber dachte ich nicht an Anna. Wenn ich sie sah, ergeben und in ihrer Arbeit vertieft, dachte ich: ‹Warte! Heute nacht werde ich deine Ergebenheit genießen. Jetzt habe ich keine Zeit, daran zu denken.› Mit Berta sprach man überhaupt nicht oder wenig über Liebe. Doch wir waren vereint im Gedanken, unseren Besitz zu vergrößern. Ja! Ihr in euren Städten seid gierig nach Geld, wir auf dem Land sind gierig nach Land. Wenn wir von unseren künftigen Eroberungen sprachen (wir wollten unseren Besitz, der ganz in der Ebene lag, auf die Hügel ausdehnen), sagte Berta: ‹Wenn Ugo› (mein Bruder) ‹uns die fünfzehntausend Lire zurückgibt...› Sie vergaß die fünfzehntausend Lire nicht!» Herr Aghios meinte, zuvor sei die Rede von zehntausend Lire gewesen. Er wollte es berichtigen, aber dann schien es ihm unangebracht.

Alle Spekulationen, die sie über Landkäufe und Ernten anstellten, besprachen sie mit Giovanni, einem alten Bauern, der dank seiner Schlauheit und Treue zum Ratgeber aufgestiegen war. Er erhielt denselben Lohn wie zur Zeit, als er im Schweiße seines Angesichts die Felder bebaut hatte (doch nicht mehr), war aber die Seele des Betriebs. Herr Aghios spitzte die Ohren, weil Bacis diesem einfachen Menschen so viele Worte widmete, es war klar, daß er in der Geschichte eine wichtige Rolle spielte. Er war begierig wie seine Herrschaft, aber nur für sie. Ein treuer Hund durch und durch. Der Herr war der Herr, und als er sich daran gewöhnte, auch Bacis als Herrn zu betrachten und wegen seiner Jugend über die andern zu setzen, war klar, daß er für den Rest seines Lebens der Herr bleiben würde. Giovanni vertrat Bacis Interessen, auch wenn sie in Widerspruch standen zu denen seines wirklichen Herrn, dem Vater von Berta, und zu denen von Berta selbst, die als Frau nicht das Kommando haben durfte.

Nach kurzer Zeit war Anna schwanger. Sie sagte es Bacis, ohne etwas zu verlangen, ja mit Freude, in der Gewißheit, daß ihre Mutterschaft ein neues Glied war in der Kette, die sie vereinte. Nie hatte man ihr ein gegenteiliges Wort gesagt, und deshalb dachte sie in ihrer Unschuld, alles werde ganz natürlich ablaufen. Bacis war nicht sehr betroffen. Sein erster Gedanke war gar, die Vorbereitungen für die Heirat mit Berta zu beschleunigen. Als Herr würde er das uneheliche Kind leicht im Schatten des Hauses aufwachsen lassen können, ohne es anzuerkennen und sich darum zu kümmern. Ein Kind, das man nicht liebt, kostet auf dem Land sehr wenig. Es wächst und wird bald zur Arbeitskraft. Es störte ihn einzig, daß die junge Mutter weniger liebesfreudig war. Sie fügte sich ihm nach wie vor aus echter, großer Liebe. Aber wenn sie konnte, entzog sie sich, und wenn sie die Wahl hatte, bat sie, geschont zu werden.

«Ja!» unterbrach ihn Herr Aghios. «Mutter Natur hat die Lust zur Sicherung der Fortpflanzung erfunden. Wenn die einmal gesichert ist und die Lust trotzdem anhält, geschieht das aus Versehen, wie gewisse Insekten ihre Farbigkeit gelegentlich auch nach der Zeit der Liebe beibehalten. Man kann es in einem so großen Betrieb nicht so genau nehmen.»

«Das mag sein», sagte Bacis schroff. «Ein Versehen war's aber auch in meinem Fall. Warum hat Mutter Natur vergessen, auch bei mir den Brand zu löschen?»

«Na hören Sie mal!» sagte Aghios unter dem Einfluß des Weins. «Mutter Natur wäre nicht dagegen gewesen, wenn Sie auch Berta ein Kind gemacht hätten. Sie hat für alle Arbeit. Wir sind zahlreich! Sie beseitigt nur die, die zu nichts mehr nütze sind.»

«Niemals! Niemals!» schrie der junge Mann heftig. «Berta, die Feindin, die Anna verachtet!»

Herr Aghios war erschüttert. Er wußte nun, wie die Geschichte zu Ende gehen würde. Bacis stand vor ihm, hochrot, verliebt, verzweifelt, das letzte Kapitel des Romans. Aghios hatte genug gehört.

Bacis setzte seine Geschichte fort, bemühte sich aber, schnell zu einem Ende zu kommen. Anna hatte ihn in einem gewissen Sinne als Liebhaber zurückgewiesen, nun entzog sie ihm auch ihre Liebe, ihre große Liebe, die vor allem in ihrer völligen Verschwiegenheit zum Ausdruck gekommen war und in der Annahme der Rolle, die er ihr zugedacht hatte. Dann betrog sie ihn, indem sie sich Giovanni anvertraute. Giovanni, der treue Hund, sprach mit Bacis und schlug ihm vor, die junge Frau mit einem der jungen Bauernknechte zu verheiraten, der zwar ungeschliffen, aber wie geschaffen für diese Rolle war.

«Das ist vor neun Tagen geschehen», sagte Bacis. Er zählte an den Fingern ab: «Ja, genau! Am

Montag waren es acht Tage seither. Es scheint mir unmöglich! Vor einer Woche war ich noch ein ganz anderer Mensch, ich dankte Giovanni und war mit seinem Plan einverstanden. Meine Verwandlung begann am selben Abend, als ich an Annas Tür klopfte und sie nicht öffnete. Ich rief nach ihr, sie kam zur Tür und sagte zweimal leise: ‹Nein! Nein!› Mir blieb nichts anderes übrig, als zurückzugehen, die Hunde knurrten, weil sie mich nicht so bald erwartet hatten und für einen anderen hielten. Ich legte mich nieder, konnte aber nicht schlafen und fragte mich am Morgen: ‹Warum habe ich ihr nicht nochmals etwas vorgetäuscht? Warum habe ich ihr nicht versprochen, sie zu heiraten, wenn sie mir die Tür öffnen würde?› So reifte in mir eine Entscheidung, ohne daß ich es wußte.

Am Morgen erzählte mir Giovanni, er sei mit Anna bereits einig geworden. Nun mußte man sie möglichst schnell aus dem Haus entfernen und auf den Feldern beschäftigen, rechts vom Fluß, mit Luigi zusammen. Bauern zögern nicht. Das Gras ist weich, und man konnte dem werdenden Kind noch einen anderen Vater geben. Am Tag erinnerte ich mich nicht mehr an die Ängste der Nacht und war einverstanden. Es war leicht, eine entsprechende Anordnung von Berta zu erhalten, auch weil die Frauen während der Weinernte draußen auf den Feldern helfen mußten. Doch zum Glück wollte Berta aus irgendeinem Grund die Cousine noch zwei Tage lang im Haus behalten. Und mir genügte eine Nacht, um zu wissen, was meine Pflicht war. Ich legte mich pfeifend schlafen und dachte: ‹Diese Nacht wirst du vergebens auf mich warten, und wenn du erst dem anderen gehörst, werde ich nicht mehr an dich denken und meinen Weg zu Reichtum und Unabhängigkeit gehen.›»

Doch es wurde eine grauenvolle Nacht. In der Dunkelheit erschien ihm Anna, wie er sie während des Tages gesehen hatte, ergebener denn je, ohne die Lumpen, die er so sehr an ihr bewunderte. Und er verstand die arme, treue Seele in der Dunkelheit wie nie zuvor. Ebenso oder vielleicht noch besser verstand sie Herr Aghios, der zuhörte und befürchtete, daß Tränen ihm den Blick verschleierten. Sie war ganz einfach Mutter, Mutter ihres Kindes, und hatte keinen anderen Gedanken auf dieser Welt. Sie war bereit, Luigis Frau zu werden, weil sie hoffte, für das Kind in der Welt irgendeinen Platz zu finden. Nicht sie suchte diese Vereinigung, er trieb sie dazu. Sie würde das Kind gebären und dann wieder seine schöne Geliebte sein. Bacis begriff, daß er sie als Herr ohne weiteres wieder besitzen konnte. Doch das war ihm nicht wichtig, nicht das war ihm wichtig. Er knirschte mit den Zähnen beim Gedanken an Luigi, diesen Grobian, der sie ihm nehmen konnte. Nicht aus Eifersucht (versicherte er Herrn Aghios), sondern weil er nicht erlauben durfte, daß ein solcher Grobian über das Leben von Anna entschied. Was würde aus der sanften Anna in den Händen eines solchen Kerls bloß werden? Er wollte sie nun in die Arme nehmen und sanft durch das Leben tragen. Er begehrte sie nicht mehr. Er liebte sie.

«Wenn die Begierde zu stark wird, verliert sie

ihren Charakter und wird zu Liebe. Viele Dinge in dieser Welt verändern sich, wenn sie zu stark werden», sagte Aghios in professoralem Ton. Er fand nicht gleich ein Beispiel und war unzufrieden mit dem, was er fand. «Auch die Lustigkeit des Weins wird zum Rausch.» Dann, nachdenklich: «Zwar scheint die Begierde heftiger zu sein als die Liebe, die doch aus der sich verstärkenden Begierde kommt.»

«Ich weiß nicht», sagte Bacis achselzuckend. «In jener Nacht, solange ich nicht mit Anna sprechen konnte, war meine Liebe heftiger als die Begierde. Jetzt weiß ich selbst nicht mehr, wie es um mich steht. Ich sprang aus dem Bett, weil ich nicht einen Augenblick in diesem Zustand der Verworfenheit leben konnte. Ich mußte mich Anna gegenüber reinwaschen. Ich zog mich an und sprang aus dem Fenster. Die Hunde knurrten, weil sie nicht gewöhnt waren, mich so spät weggehen zu sehen. Aber es machte mir nichts aus, entdeckt zu werden, und ich ging mit meinem normalen schweren Schritt auf Annas Zimmer zu. Als ich vor ihrer Tür stand, klopfte ich an. Sie flüsterte auf der anderen Seite: ‹Warum kommst du? Du weißt doch, daß ich nicht kann.› Ich versuchte, ihr den Grund meines Besuchs zu erklären. Ich wollte nur mit ihr reden. Aber sie glaubte mir nicht und flüsterte, daß man auch am Tag reden könne. Sie öffnete erst, als ich laut drohte, ich würde die Tür einrennen, wenn sie sich weigerte, mich hereinzulassen. Sie öffnete also, doch unser Gespräch blieb lange heftig, ähnlicher einem Kampf als einer Umarmung. Ich überschüttete sie mit den süßesten Worten, die sich in meiner Seele angestaut hatten, aber sie glaubte mir nicht, denn anscheinend hatte ich – ohne es zu bemerken – auch in den Stunden der Lust ähnliche Dinge gesagt, um sie mir mit allen Mitteln so schnell wie möglich untertan zu machen. Dann erfuhr ich einen weiteren Grund, der sie daran hinderte, mir zu glauben. Giovanni hatte mit ihr gesprochen und sie überzeugt, es sei undenkbar, daß ich für eine kleine Magd wie sie auf allen Reichtum verzichte. Sie glaubte mir erst, als ich mich zum Weggehen anschickte, ohne etwas von ihr zu wollen. Ich war also gekommen, nur um sie von meiner Liebe zu überzeugen. Sie glaubte an meine Liebe, als sie sah, daß ich keine Begierde hatte. Sonderbar, nicht wahr?»

Bacis trank und schwieg. Aghios, den der Wein hartnäckig machte, hätte auf seinem Standpunkt beharren und sagen wollen, Anna habe erst dann bemerkt, geliebt zu werden, als sie fühlte, daß seine Begierde so stark geworden war, daß er nicht mehr hoffen konnte, sie in einer Umarmung zu befriedigen. Aber er fand die Worte nicht. Auch Bacis hatte viel getrunken. Seine Wangen leuchteten rot, und sein glattes, schönes blondes Haar war in die Stirn gefallen, weil er dauernd den Kopf schüttelte, der mit seiner Bewegung die Worte begleitete, als ob er sie zu einem Rhythmus zwingen wollte. Er tat Herrn Aghios leid. Er schwieg, bis Bacis, bemüht, seine Stimme ruhig erscheinen zu lassen, sagte: «Es ist wohl Zeit, daß wir aufstehen und zu unserem Zug gehen.»

«Wir haben Zeit», sagte Aghios nach einem Blick auf die Uhr. Er wartete noch eine Weile und fragte dann interessiert: «Und dann? Wie ist die Geschichte zu Ende gegangen?»

«Sie ist noch nicht zu Ende», sagte Bacis. «Wären mir in der Nacht Berta oder ihr Vater begegnet, hätte ich ihnen auf der Stelle gesagt, daß ich entschlossen war, Anna zu heiraten, sonst keine. Das hätte mich noch stärker beruhigt, als ich es nach der Aussprache mit Anna schon war. Vor allem wollte ich Ruhe, das ging mir über alles. Aber ich begegnete ihnen nicht. Ich sah sie bei Tageslicht und war vorsichtiger. Dieses unterschiedliche Verhalten erklärt sich vielleicht damit, daß ich seit langer Zeit die Nacht der Liebe widmete, um am Tag zu meinen Interessen zurückzukehren. Ich sagte ihnen nur, daß ich meine Mutter in Udine kurz besuchen wolle, und reiste sofort nach Mailand ab.»

«Warum nach Mailand?» fragte Aghios verblüfft.

«Um die fünfzehntausend Lire zurückzuerhalten, die mir Bertas Vater als Vorschuß auf die Mitgift geliehen hatte», sagte Bacis, erstaunt, daß Aghios sich nicht erinnerte. «Wie konnte ich mich weigern, Berta zu heiraten, solange ich diese Schuld nicht beglichen hatte?»

Aghios, den der Wein jede Regung seiner Seele offenbaren ließ, begann von Herzen zu lachen. Es war ihm eingefallen, daß sie am Nachmittag zu dritt im Abteil gewesen waren, und alle drei hatten Geldbeträge auf sich gehabt: der Inspektor hundertfünfzigtausend (vielleicht weniger, weil er zum Prahlen neigte), er nicht fünfzig-, sondern dreißigtausend und Bacis fünfzehntausend (oder nur zehntausend).

«In Banknoten?» fragte er, sich vom Lachen erholend.

«Ich habe das Geld nicht bekommen», sagte Bacis traurig, «und Gott weiß, wann ich es bekommen werde. Mein Bruder Ugo, der es mir schuldet, kann es mir nicht zurückzahlen, weil er heiraten will. Auch er hat in der Zwischenzeit eine sehr ähnliche Geschichte wie ich erlebt.»

«Mit zwei Frauen?» fragte Aghios, der mittlerweile in jeder Liebesgeschichte nur die weniger wichtigen Einzelheiten sah. Und er dachte: «Es muß eine Familienkrankheit sein.»

Er hatte noch immer ein klares Erinnerungs- und Wahrnehmungsvermögen und merkte sich Bacis' Antwort, daß es eine einzige Frau war, die aber genügte, um den Bruder an der Rückzahlung seiner Schuld zu hindern. «Ja!» sagte Aghios, an die eigene Erfahrung denkend. «Eine einzige Frau genügt, um sehr vieles zu verhindern.»

Dann bezahlte er die Rechnung. Mit dem Trinkgeld fünfzig Lire für ein bißchen kaltes Fleisch und zwei Stück Brot! Sie bestiegen den letzten Wagen des überlangen Zuges, den einzigen Personenwagen. Aghios fühlte sich so sicher auf den Beinen, daß er nochmals aus dem hohen Wagen ausstieg, um ein Kissen zu mieten. Er bezahlte es und wollte schon zurückgehen, als ihm die gute Idee kam, für seinen Reisegefährten ebenfalls eins zu nehmen.

Triumphierend stieg er wieder ein und bot Bacis sein letztes Geschenk an. Nie mehr würde der die Gondel vergessen, das Abendessen und das Kissen, lauter Geschenke eines Menschen, dem er zum ersten Mal begegnet war. Aber auch er würde Bacis nie mehr vergessen, die dicke Berta, die schlanke Anna. Auch nicht Giovanni, diesen Pflanzen-Menschen, der überall gedieh, mit dem untrüglichen Instinkt, anderen zu dienen. Und im Gedanken an Giovanni, an alle Giovannis, die er in seinem Leben kennengelernt hatte, legte sich Herr Aghios schlafen. Sie hatten auf alle anderen Reichtümer dieser Welt verzichtet, banden sich unauflöslich und zogen den bescheidensten Nutzen daraus. Für sie gab es keine Hoffnung auf verrückte Entwicklungen, die sie zu Herren machten, und keine Beispiele für Reichtum, der dank eigener, mutiger Initiative erworben wurde. Sie blieben an ihren Herrn gebunden wie die Kletterpflanze an ihren Baum. In seinem Bewußtsein, das vom nahenden Schlaf benommen war, dachte Herr Aghios, daß Darwin nicht alles verstanden hatte. Nicht von einem einzigen Tier stammte die Menschheit ab, sondern jedes Tier hatte einen bestimmten Menschentyp hervorgebracht. Alle Giovannis dieser Welt hatten sich langsam aus den Vögeln entwickelt, die am Ufer des Nils den Krokodilen die Zähne putzen. Vielleicht litten die Krokodile an Karies, und das, was für diese Vögel vom Fressen der Krokodile abfiel, war reichlicher als das, was die Herrschaften für die Giovannis übrigließen.

Er war am Einschlafen, als ein geradezu gebieterischer Gedanke von Menschenliebe ihn die Augen wieder öffnen ließ. Er betrachtete seinen Reisegefährten. Im schwachen Licht des Wagens sah er Bacis auf der Bank gegenüber liegen, den

Kopf mit dem glänzenden blonden Haar auf das Kissen gelegt wie er. Mit dem Unterschied, daß Bacis mit einer Hand die Augen bedeckte. Vielleicht weinte er unter dieser Hand. Herr Aghios dachte: «Da sind nun zwei Menschen. Und ich, der eine, habe das Doppelte (oder vielleicht Dreifache) der Summe in der Tasche, die genügen würde, um den anderen aus seiner Notlage zu befreien. Ich kann es ihm aber nicht geben, weil ich sonst mindestens noch drei Monate lang zu hohe Zinsen zahlen muß. Ich will also keine Zinsen bezahlen, hingegen will ich, daß er leidet, daß er Berta heiratet und auch ihr Leid zufügt, doch vor allem der armen Anna, die drauf und dran ist, Luigi, dieser Bestie, in die Klauen zu fallen, weil der die Unterstützung von Giovanni, diesem wahren Ungeheuer und Vorbild aller Diener, hat.»

«Hören Sie, Bacis!» rief er seinem Reisegefährten zu, der die Hand von den Augen nahm. «Ich will mich nicht in Ihre Angelegenheiten einmischen, da ich nicht die Mittel habe, um Ihnen zu helfen. Vorläufig ist nur eines dringend: verhindern, daß Anna einen unüberlegten Schritt tut. Es eilt nicht. Das Kind ist noch lange nicht da. Warum sprechen Sie nicht mit ihrem Onkel? Wenn man nicht bezahlen kann, kann man eben nicht bezahlen, und man bezahlt nicht. Es ist lächerlich zu glauben, man habe sich verkauft, weil man zehn- oder auch fünfzehntausend Lire geborgt hat. Man ist Schuldner, aber die Freundschaft bleibt. Der andere berechnet die Zinsen, und das ist sein gutes Recht. Dann hat man früher oder später im Leben Glück. Man bezahlt zurück und fühlt sich freier, obwohl man auch zuvor frei war, aus eigenem Entschluß. Glück kann ich haben, aber auch Sie. Es wäre sehr gut für Sie, wenn ich unvermutet Glück hätte. Ich schwöre Ihnen, daß ich augenblicklich nach Torlano kommen würde, um Sie von Ihrer Verpflichtung zu befreien. Ich habe dreißigtausend Lire in bar, in Triest natürlich» (und er berührte die Brusttasche), «aber ich kann sie Ihnen nicht geben, weil ich sie morgen brauche. Um sie morgen einem Anwalt übergeben zu können, habe ich diese Reise überhaupt unternommen, und sie wäre sehr langweilig gewesen, wenn ich Sie nicht kennengelernt hätte.»

Bacis dankte halblaut und bedeckte die Augen wieder mit der Hand, als wolle er sie vor dem Licht schützen. Eine große Bitterkeit überkam Herrn Aghios. Er konnte das, worum er gebeten wurde, nicht geben, doch es war sehr schmerzhaft, daß seine Reise, auf der seine Liebe zu aller Kreatur über die Lombardei, Venetien und Friaul ausgeströmt war, wie in einer kurzen frommen Legende mit einem Akt des Egoismus zu Ende ging (die Nacht war Ruhezeit und zählte nicht für die Reise). Er war der Reiche, Bacis der Arme, er der Törichte, Bacis (da er arm war) der Kluge, der die Welt im richtigen Licht sah und wußte, daß es ganz andere Güter als das schnöde Geld zu verteidigen galt.

Noch etwas verbitterte ihn. Wäre seine Frau bei ihm gewesen, hätte sich vielleicht alles regeln lassen. Er war der Geizhals, der nur kleine Trinkgelder gab; seine Frau gab, was der Notwendigkeit entsprach... falls sie einverstanden war. Wenn er ihr die ganze Geschichte erzählte, würde sie sich vielleicht erweichen lassen, und man konnte dem bemitleidenswerten Bacis die zehntausend Lire (keinesfalls fünfzehntausend) geben.

Er hielt es nicht mehr aus, richtete sich auf, zog seine Visitenkarte aus der Tasche und reichte sie Bacis. «Wenn Sie keine bessere Lösung finden, besuchen Sie mich in Triest oder schreiben Sie mir. Verlieren Sie die Hoffnung nicht, und verhindern Sie inzwischen, daß die arme Anna eine große Dummheit begeht.»

Auch Bacis richtete sich auf. Aber es war wie ein Akt der Höflichkeit ohne Überzeugung. Er murmelte: «Danke. Ich werde nach Triest kommen.» Sobald Herr Aghios sich wieder auf der Liegebank ausgestreckt hatte, legte sich auch Bacis hin und bedeckte die Augen mit der Hand.

VI. VENEDIG – PLANET MARS

Herr Aghios war jetzt ruhig geworden. Nur der Magen brannte ihm von dem vielen Wein. Sein Gewissen hatte sich beruhigt, als habe er das Geld gegeben. Im Grunde genommen hatte er es gegeben, denn er wollte bei seiner Frau für Bacis' Sache einstehen. Jetzt lag es an seiner Frau, sich ebenfalls von ihrer guten Seite zu zeigen.

Er schlief nicht sofort ein. Ein vorausschauender Mensch kann in einem kurz vor der Abfahrt stehenden Zug unmöglich einschlafen. Herr Aghios klammerte sich, um sicherer zu liegen, an seine Bank, doch das bedingte eine Anstrengung, und es ist keine leichte Sache einzuschlafen, während man sich anstrengt. Dann setzte sich der Zug endlich in Bewegung. Er schlug ein eher langsames, schwerfälliges Tempo an. Die Beschleunigung, die sich mit großem Lärm von der Spitze auf den Schwanz des langen Zugs übertrug, ließ die Wagen beängstigend knarren und ächzen, so daß Herr Aghios sich aufrichtete und horchte. Bacis murmelte beschwichtigend, ohne die Hand vom Gesicht zu nehmen: «Der Zug hat keine Westinghouse-Bremse, deshalb der Lärm.»

Die besänftigende Bemerkung war überflüssig, denn mittlerweile fuhr der Zug ruhig, sehr ruhig dahin. Herr Aghios konnte seine Anstrengungen aufgeben und sich auf dem Lager ausstrecken. In einem Zug, der in diesem Tempo fuhr, würde man sicher ruhig schlafen. Die Musik, die von seiner Fahrt ausging, war stark rhythmisch, aber nicht heftig wie die eines Schnellzugs: sie wirkte wie ein Schlaflied. Lange Zeit verfolgte Herr Aghios diese Melodie, vielmehr die Melodie folgte ihm in den Frieden, der dem Schlaf vorangeht. Der Schlaf hat viele Abstufungen, auf der untersten Stufe haben sich die Sinne noch nicht von der Wirklichkeit gelöst. Durch die Wimpern nahm Herr Aghios das schwache Licht im Abteil wahr und auch den weniger als einen Meter entfernten Körper von Bacis, der dalag und mit der Hand die Augen bedeckte. Der Schlaf übermannte ihn, als die Musik des Zugs einen Sinn bekam. Sie sagte: «Alles ist gut, alles ist gut.» Herr Aghios sah keinen Grund, etwas zu unternehmen, um die eintönige Wiederholung zu unterbrechen. Es war so schön, beim Klang einer so schönen und so wahren Botschaft einzuschlafen. Bacis mochte ihn, hatte er ihn doch gleich beruhigen wollen, als der Zug beim ersten heftigen Ruck sonderbar zu rasseln begann. Alles war gut, man konnte sich der Ruhe hingeben.

Doch sein Schlaf wurde nochmals unterbrochen. Die Ankunft in Mestre glich dem Weltuntergang. Es schien, als habe eine gewaltige Maschine aufgestapeltes Eisen in Bewegung gesetzt. Aghios fuhr erschreckt auf. Er sah Bacis, ruhig und unbeweglich, das Gesicht noch immer mit der Hand bedeckend, dann ließ er erleichtert den schweren Kopf wieder auf das Kissen sinken und murmelte: «Keine Westinghouse-Bremse.»

Wann begann Herr Aghios zu träumen? Sicher nicht gleich nach Mestre. Bis Görz, wo er um vier Uhr morgens erwachte, ist es weit, und er hätte den Traum vergessen wie jeden anderen, der bestimmt auch den tiefsten Schlaf belebt. Es ist eher anzunehmen, daß er ihn an einem Bahnhof kurz vor Görz hatte, als sein Schlaf weniger tief war und einige wache Zellen den Traum verfolgen und im Gedächtnis aufzeichnen konnten.

Wer weiß, ob es genau dieser Traum war, an den sich Herr Aghios erinnerte. Wenn man aus einem Traum erwacht, beginnt unser Verstand augenblicklich, ihn zu analysieren, die Bilder miteinander zu verknüpfen und zu vervollständigen, als wolle er aus einem Telegramm einen Brief machen. Der Traum ist wie eine Kette von Blitzen, und wenn daraus eine zusammenhängende Geschichte entstehen soll, muß aus den Blitzen beständiges Licht werden, und wenn man einen davon in der Dunkelheit nicht gesehen hat, muß man ihn sich vorstellen. Die Erinnerung an den Traum ist nie der Traum selbst. Sie ist wie ein Pulver, das sich auflöst.

Herr Aghios fuhr zum Planeten Mars, er lag auf einem Karren, der sich auf Schienen durch das All bewegte. Er lag bäuchlings darauf, der Boden des Karrens bestand aus Brettern, die gegen seinen schmerzenden Körper drückten. Eines der Bretter preßte ihm die Geldbörse gegen die Brust. Unter und über ihm war das unendliche All. Man sah die Erde nicht mehr, Mars war noch nicht und kam auch nie in Sicht.

Herr Aghios fühlte sich sehr frei, viel freier als auf dem Markusplatz, fast zu frei. Er blickte um sich und sah nichts als leuchtendes All. Was sollte er hier, wo keine Spur von Knechtschaft war, mit seiner Freiheit anfangen? Und wem konnte er von seiner Freiheit erzählen? Um sie zu spüren, mußte man sich doch damit brüsten können. Selbst im Traum dachte Herr Aghios nach: «Ich bin nicht allein, weil meine Freiheit bei mir ist. Das einzig Störende ist die Brusttasche, die mich drückt.»

Je weiter er ins All vorstieß, desto einsamer fühlte sich Herr Aghios. Der Traum verlieh ihm ein Gefühl der Allmacht, und er dachte, daß er den Planeten Mars, wenn er schon dahin fuhr, nach seinem Willen gestalten würde. Er stellte ihn sich vor. Er würde ihn mit Menschen bevölkern, die seine Sprache verstanden, er aber nicht die ihre. So konnte er ihnen von seiner Freiheit und Unabhängigkeit erzählen, ohne daß sie ihn mit ihren Geschichten, an denen es sicher nicht mangelte, in Ketten legten.

Eine Stimme fragte von der schon sehr weit entfernten Abfahrtsstation: «Soll ich zu dir kommen?» Es mußte seine Frau sein. Doch Herr Aghios wünschte die Freiheit; er tat, als habe er nichts gehört, und schmiegte sich an seinen Karren, um nicht gesehen zu werden. Er fuhr weiter, mit großer Geschwindigkeit, die er nicht wahrnahm, weil rundum weder Dinge noch Luft waren. Dabei dachte er: «Ich will nicht, daß mein Sohn allein bleibt.»

Dann fragte Bacis' schwache, weit entfernte Stimme: «Wollen Sie mich bei sich haben?»

Aghios dachte, daß Bacis ihm die ganze Freiheit rauben würde. In seiner Leidenschaftlichkeit würde er nur über sich und seine Probleme sprechen. Aghios hatte ihm schon die Gondelfahrt bezahlt, und es war unsinnig, wenn Bacis jetzt auch noch eine solche Reise auf seine Rechnung machen wollte. Zum Mars fahren, um über Torlano zu sprechen? Das lohnte die Mühe nicht. Herr Aghios schmiegte sich noch stärker an den Karren, um ja nicht gesehen zu werden.

Eine sanfte, musikalische und sehr nahe Stimme fragte: «Ich bin zur Abfahrt bereit, wenn du mich mitnehmen willst.»

Im Traum zeichnen das Wort und sein Klang ein vollständiges Bild des Menschen, der das Wort sagt. Es war Anna, das blonde, hochgewachsene Mädchen mit den zarten Formen, außer den Händen, die an harte Arbeit gewöhnt waren. Die Anna, die sich von der Aufrichtigkeit des Fleisches hatte täuschen lassen.

Herrn Aghios' väterliches Herz war bis zuinnerst gerührt. Er wollte sie bei sich haben, weit weg von Berta und Giovanni, die sie demütigten, und auch von Bacis, dem Verräter, dem nicht zu trauen war und der sie mit der Aufrichtigkeit des Fleisches getäuscht hatte.

Sogleich war sie bei ihm auf dem Karren, sie lag unter ihm, mit den Lumpen bekleidet, denen ihr weicher, junger, von der beginnenden Mutterschaft noch nicht verformter Körper so große Schönheit verlieh. Die blonden Haare flatterten im Wind, der nur gerade für Anna da war. Nun hätte die Brusttasche Herrn Aghios nicht mehr schmerzen sollen. Und doch spürte er einen starken Druck. Anna hatte sich wohl daran festgeklammert, um sicherer zu sein.

So fuhren sie schweigend, während Herr Aghios dachte: «Sie ist meine Tochter. Ich werde sie lehren, keiner Aufrichtigkeit mehr zu trauen.»

Höllischer Lärm erfüllte das ganze All. Es mußte der Motor des Karrens sein. Aghios fragte sich: «Warum liegt meine Tochter unter mir? Ist es etwa der Geschlechtstrieb? Ich will sie nicht.» Und er schrie: «Ich bin ihr Vater, ihr guter, tugendhafter Vater.»

Auf der Stelle wurde Anna unter ihm weggezogen und in eine Ecke des Karrens gesetzt, wo sie große Gefahr lief, in die grauenerregende Leere zu fallen. Aghios schrie: «Komm zurück, komm zurück, auf diesem Gefährt geht es nicht anders.» Anna kehrte gehorsam zu ihm zurück, und es war wie vorher, besser als vorher. Das All war unendlich, und deshalb mußten sie wohl ewig in dieser Stellung liegen.

Plötzlich ein Aufprall! Hatten sie den Planeten erreicht? Der Zug schien wirklich beim Anhalten sich selbst zerstören zu wollen. Herr Aghios sprang auf. Er rang nach Luft, aber dann faßte er sich wieder. Karren und Zug verstrickten sich zu einem großen Durcheinander, das unmöglich zu entwirren war. Das gleiche Durcheinander herrschte zwischen der Wonne, die er kurz zuvor empfunden hatte, und der Scham, die ihn jetzt durchdrang. Doch Herrn Aghios' Güte war grenzenlos, auch sich selbst gegenüber. Er dachte: «Es ist nicht meine Schuld.» Und dann lachte er.

Er öffnete ein Fenster, und man konnte wieder atmen. Draußen lag die menschenleere Landschaft; in einem Bauernhaus brannte ein unbewegliches Licht. Mitgenommen von dem tiefen Schlaf und der ermüdenden zweifachen Reise, sah Herr Aghios gerade noch Bacis' leeres Lager und den Platz, wo sein Köfferchen gestanden hatte. Bacis war unauffällig gegangen, ohne ihn zu wecken. Görz mußte schon hinter ihnen liegen.

Aghios bettete den Kopf wieder auf das Kissen und dachte, ohne selbst überzeugt zu sein: «Schade! Wäre er hiergewesen, hätte ich ihm die zehntausend Lire (nicht fünfzehntausend) jetzt gleich gegeben.» Er lächelte! Es war schön, nicht bezahlen zu können. Er hatte keine Gewissensbisse. Sein Erlebnis, das eindrücklichste seines ganzen Lebens, blieb auf sein einsames Gedankenleben beschränkt und war deshalb nicht von Bedeutung. Wenn Bacis ihn aber in Triest besuchen sollte, würde er versuchen, ihm im Einverständnis mit seiner Frau nach bestem Wissen und Gewissen zu helfen. Und nachdem er sich auch Bacis' Kissen unter den Kopf gelegt hatte, fiel er in tiefen Schlaf. Er fühlte sich ausgezeichnet. Der Wein hatte seine Wirkung auf der Fahrt durch die Sternenräume verloren und machte ihm keine Beschwerden mehr.

VII. GÖRZ–TRIEST

Er erwachte in der Dämmerung, von einem Halt des Zugs durchgeschüttelt, und sprang auf. Es war ein ziemlich großer Bahnhof. Görz!

Wo war Bacis denn ausgestiegen? Aghios legte sich ohne Mühe eine Theorie zurecht, die alles erklärte. Sicher hatte Bacis die Hoffnung aufgegeben, das Geld von seinem Verwandten in Görz zu bekommen, und war in Udine ausgestiegen. Wer weiß, was er machen würde! Vielleicht würde er sich gar entschließen, Berta zu heiraten, um Anna als Besitzer des Hofes besser beschützen zu können. Die Geschichte war inzwischen so weit weggerückt, daß Aghios jede Lösung möglich schien. Eigentlich war Anna das Objekt der Liebe und mußte es bleiben. Ach Anna! Liebe Anna! Die Lumpen, die sie so gut kleideten, durften nicht abgelegt werden.

Gegen sieben Uhr, als der Zug mit dem müden Trott eines nach Hause zurückkehrenden Nachtschwärmers den Karst zu erklimmen begann, befiel Herrn Aghios Langeweile. Er wußte nicht mehr, was er in seiner Einsamkeit anfangen sollte, zog die Geldbörse aus der Brusttasche und betastete die Noten. Unweigerlich mußte er über seine naiven Sinne lächeln, denen das Paket abgemagert schien. Das kam davon, wenn man sich zu sehr um etwas sorgte! Für alle Fälle schloß er sich im Wagen ein, zog die Vorhänge hinunter und begann die Banknoten sorgfältig zu zählen. Es waren nur fünfzehn! Bacis hatte die andern fünfzehn gestohlen. Oh! Dieser Schuft!

Aghios' erste Regung war, zur Alarmglocke zu laufen. Er legte sogar die Hand darauf, doch dann schreckte er als schüchterner Mensch vor dieser Androhung strafrechtlicher Verfolgung zurück. Und so hatte er Zeit nachzudenken. Welchen Sinn hatte es, diesen langsamen Zug anzuhalten, der sich oberhalb von Barcola, einem Vorort Triests, dahinschleppte, um den Dieb zu verfolgen, der an einem unbekannten Bahnhof vor Görz ausgestiegen und von dort mit seiner Beute nach Torlano gefahren war, wo keine Eisenbahn hinführte? Überhaupt keinen, denn der Zugführer würde niemals zustimmen, die Richtung zu ändern und ihn mitsamt den klapprigen Wagen nach Karnien zu bringen.

Herr Aghios biß sich in die Finger. Er bebte vor Wut und Scham. Scham, daß er sich auf diese Weise hatte übertölpeln lassen. Leb wohl, Gefühl der Reisefreiheit, leb wohl, Menschenliebe. Er glich einer jener Figuren, die sich so klar in den schwarzen, bedrohlichen Wolken abzeichneten, doch er erinnerte sich weder an die Wolken noch an die Hunde, auch nicht an die schönen Frauen und die Berge, seine angenehmen Reisegefährten. Am Bahnhof von Tries

(Hier bricht der Text ab.)

NACHWORT

Der Triestiner Kaufmann und Industrielle Hector (Ettore) Aron Schmitz, der als Schriftsteller mit dem Namen Italo Svevo signierte, spricht in seinem erst postum erfolgreichen literarischen Werk oft von «alten Herren» und von «Greisenhaftigkeit». Doch schreibt er diese Qualität erstaunlicherweise Männern zu, die noch in den sogenannten besten Jahren sind und damit eigentlich unangefochten von der narzißtischen Melancholie des Älter- und Altwerdens sein müßten. Was sie bewegt, umtreibt und gern auf Reisen gehen läßt, ist ein diffuses Unbehagen an ihrer Existenz, das oft in der Feststellung gipfelt, ein *inetto* zu sein, «ein Unfähiger». Diesen Titel, «Un inetto», sollte zunächst Svevos erster Roman von 1892 tragen, den der damals Einunddreißigjährige aber dann mit «Una vita», «Ein Leben», überschrieb. Faßt man beide Titel zusammen, dann ergibt sich mit dem Begriff «Lebensuntauglichkeit» eine treffende Vorstellung dessen, was die Protagonisten dieser frühen Romane zu typischen Vertretern der anfangs skeptischen, ja sogar pessimistischen, in «Kurze sentimentale Reise» dann allerdings von sanft distanzierender Ironie, feinfühligem Humor und hintergründiger Komik gemilderten Weltsicht dieses scharfsinnigen Erzählers macht. Es sind Männer, die ihre spontane unreflektierte Jugendlichkeit allzu früh aufgegeben haben. Von Selbstzweifeln geplagt, verzetteln sie sich inmitten der Ambivalenzen des Lebens, das Svevo «das grauenvoll wirkliche Leben» nennt. Letztlich nur noch überlebend und sich müde selbstspiegelnd wie der Herr Aghios in der «Kurzen sentimentalen Reise», der sich während seines Traums im Zug oder auf der Fahrt mit der Gondel durch Venedig geradezu in einem leeren Bereich schweben fühlt und kein Zentrum mehr kennt.

Schon das Pseudonym Italo Svevo (der italienische Deutsche), das sich der am 19. Dezember 1861 in Triest Geborene gab, verweist auf eine in ihrer Welterfahrung bis zur Ortlosigkeit gespaltene Individualität. Schließlich nannte man das damalige Triest, die einzige Hafenstadt des Habsburgerreichs, die «Stadt auf der Grenze». Es war eine kleine Provinzstadt ohne große Vergangenheit, deren vornehmlich italienisches Bürgertum die unterschiedlichsten Volksgruppen samt deren kulturellen Traditionen zu assimilieren versuchte: Deutsche, Griechen, Juden, Armenier, Slowenen und Kroaten. Zum merkantil pulsierenden Schmelztiegel des Vielvölkerstaats geworden, fehlte es Triest an Identität, erschien es deutschen und österreichischen Reisenden wie K. F. Schinkel, Franz Grillparzer und Hermann Bahr fast als «unwirkliches Nirgendwo».

Hatte sich Svevos aus dem deutschen Rheinland stammender jüdischer Großvater väterlicherseits noch ganz als Beamter Seiner Kaiserlichen Majestät gefühlt, so träumte sein Vater Francesco Schmitz zusammen mit seiner aus dem Friaul stammenden italienischen Frau Allegra Moravia von der Zugehörigkeit Triests zu Italien. Dennoch schickte der Harz- und Lackhändler Schmitz drei seiner acht Kinder – die Söhne Adolfo, Elio und

Ettore – auf ein Internat in Segnitz bei Würzburg. Im Brüsselschen Institut von Samuel Spier, der neben Liebknecht, Bebel und Lassalle zu den Mitbegründern der deutschen Sozialdemokratie gehörte, begeisterte sich Ettore Schmitz für Schiller, Heine und Schopenhauer. Shakespeares «Hamlet» auswendig rezitierend, dachte er über «Sein oder Nichtsein» nach, übernahm er die sozialistischen Ansichten seines Praeceptors und gab sich als entschiedener Atheist.

Als er mit siebzehn Jahren wieder nach Hause kam, wurde er sich dessen schmerzlich bewußt, was später der Dichter Umberto Saba häufig beklagte, daß nämlich Triest «in kultureller Hinsicht mindestens drei Jahrzehnte» hinter dem restlichen Europa zurücklag. Und das bedeutete, nicht nur geographisch sowohl im Zentrum wie an der Peripherie zu leben, sondern auch zwischen verschobenen Zeitgrenzen. Diese Widersprüchlichkeit führte bei dem jungen Ettore zu einem Gefühl der Unsicherheit und des Fremdseins, dem er mit der selbstbefreienden Überzeugung begegnete, daß es «außerhalb der Schreibfeder keine Rettung gibt» *(fuori della penna non c'è salvezza).* Schreibend überwand Italo Svevo das Trauma seiner Nichtzugehörigkeit und seiner Grenzerfahrungen, das ihn nicht nur von seinem persönlichen und sozialen Umfeld zu trennen drohte, sondern auch von sich selbst.

Schließlich hatte ihn der Bankrott des Vaters 1880 in die Notlage gebracht, sich als Auslandskorrespondent der Wiener «Union Bank» neunzehn Jahre lang mit den Widrigkeiten kleinbürgerlichen

Broterwerbs herumzuschlagen. Das auf väterlichen Wunsch begonnene Wirtschaftsstudium gab er gern auf, nicht aber das Geigenspiel und die Lektüre der französischen und russischen Naturalisten. Außerdem schrieb er für die Triestiner Tageszeitung «L'Indipendente» Theater- und Literaturkritiken. Damit kompensierte er seinen trüben beruflichen Alltag, machte er die Niederschrift von «Ein Leben» regelrecht zum Lebensersatz. Leider blieb der in dem kleinen Triestiner Verlag Vram veröffentlichte Roman fast völlig unbeachtet.

Dieser Mißerfolg sowie der Tod seines Bruders Elio, der Ettores musische Neigungen selbstlos gefördert hatte, versetzten den Autor in eine tiefe Depression, aus der ihn erst die Heirat mit der Industriellentochter Livia Veneziani löste. Ihrer Sanftheit und Ausgeglichenheit ist es zu danken, daß sich Svevos Pessimismus milderte und er «Senilità» zu Ende schrieb. Allerdings blieb auch dieses Werk, das erst Jahrzehnte nach seiner Veröffentlichung als beispielhaft für die Identitäts- und Existenzkrise des spätbürgerlichen Menschen begriffen wurde, ohne positives Echo. Die wenigen Rezensenten überlasen das Eigentliche und bemängelten Äußerlichkeiten, indem sie Svevos knappen Stil als «Kaufmannsesperanto» abtaten. Niemand bemerkte, daß hier – Jahre vor den psychologischen Erkenntnissen und Theorien Sigmund Freuds – ein höchst origineller Schriftsteller aus der öden kakanischen Provinz ein Unbehagen an der Welt und eine Fragmentarisierung ohnehin schon zerbrechlicher, dekadenter

Individuen diagnostizierte; daß Svevo eben schon damals den Verlust einer sinnvollen und damit auch sinnstiftenden Konzeption der menschlichen Existenz nachwies, wie es später an Robert Musils «Mann ohne Eigenschaften» und Albert Camus «Der Fremde» allen offenkundig werden sollte.

Svevos ungeschmeidige, trockene, vom leicht hölzernen Triestiner Dialekt durchsetzte Sprache erscheint manchen Italienern, die den Schleiflack der Prosa D'Annunzios zum Maßstab nehmen, auch heute noch nicht korrekt. Aber gerade diese ungeschönte, völlig uneitle Diktion ist es, die den Selbstanalysen seiner Protagonisten Glaubwürdigkeit verleiht. Noch vor Arthur Schnitzler («Leutnant Gustl») und James Joyce («Ulysses») hat Svevo die von ihm angestrebte «Wahrhaftigkeit» durch die neue Erzähltechnik des inneren Monologs verstärkt; durch die Wiedergabe von Gedanken, Ahnungen und Assoziationen als Augenblicksregungen im Bewußtseinsstrom seiner literarischen Geschöpfe. Daß diese bis hin zu «Zeno Cosini», der lebensunsicheren Titelgestalt seines dritten und letzten Romans von 1923, und neben der «Kurzen sentimentalen Reise» (1925) auch noch in vielen anderen Erzählungen autobiographische Züge aufweisen, ist unbestritten. Denn das Bedürfnis, «mich mit der Feder in der Hand besser zu verstehen und auf den so komplexen Grund meines Seins zu stoßen», verließ den Kaufmann Svevo auch nicht, als er nach dem Fiasko seines zweiten Romans beschloß, «diese lächerliche und schändliche Angelegenheit namens Literatur» nicht weiter zu verfolgen. Wieder war es seine Frau, die ihn das seelische Tief überwinden half. Ihr Vater stellte den Schwiegersohn als zweiten Direktor in seiner Fabrik für Unterwasserfarben und -lacke ein. Schiffsrümpfe begutachtend, reiste Svevo nun oft als angesehener Industrieller durch Europa, vornehmlich nach England.

Doch nicht in der Londoner Filiale der Firma Veneziani, sondern in Triest lernte er auf der Suche nach einem Englischlehrer den Mann kennen, dessen achtungsvolle Freundschaft und kollegiale Fürsprache ihm als Schriftsteller doch noch zu spätem internationalem Ruhm verhalfen: James Joyce. Der zwanzig Jahre jüngere irische Autor, der von 1905 bis 1914 an der dortigen «Berlitz School» unterrichtete, zeigte sich sofort begeistert von den beiden Romanen, die ihm der elegante Unternehmer Svevo mit verlegener Scham zu lesen gab. Joyce ermutigte seinen Schüler zum Weiterschreiben. Während in Italien Giovanni Verga seine tragischen *vinti,* seine Besiegten, und Gabriele D'Annunzio seine heldischen *superuomini,* seine Übermenschen, noch in den festgefügten Gehegen des kruden Naturalismus oder poetischen Vitalismus scheitern oder siegen ließen, stand Italo Svevo diesem Verismus so nahe «wie eine Knoblauchknolle einer Küche, wo sie nie Verwendung findet». Allein in Pirandello und dessen an ihrer erschütterten Identität verzweifelnden Antihelden könnte er Geistesverwandte gesehen haben. Schließlich begegnen auch diese, wie zum Beispiel Mattia Pascal, den Ungereimtheiten ihrer desillusionierten Existenz mit der Gabe zu lächeln; und mit jenem Humor, den Svevo in seinem «Autobiographischen Profil» mit Blick auf den von ihm überaus geschätzten Jean Paul als *grande dono,* als «großes Geschenk», bezeichnete.

Svevo starb am 13. September 1928 an den Folgen eines Autounfalls. Wie sein illusionslos selbstischer Zeno Cosini noch eine letzte Zigarette rauchend, von der er wußte, daß es «meine letzte» sein würde. Unvollendet und damit fragmentarisch wie seine psychologischen Umkreisungen des menschlichen Lebens blieben einige Erzählungen, in denen man Bruchstücke eines weiteren, vierten Romans erkennen zu können glaubte. Svevo spricht darin von der «kristallisierten Zeit», von einer «kristallinen Gegenwart» und führt ein bis zur Durchsichtigkeit typisches Altersverhalten vor, das bei seinen Figuren die Erfahrung von Abgründigkeit in dem Maß einschließt, wie es eine Ahnung von Freiheit zuläßt. Exemplarisch für diese Doppelbödigkeit ist die Erzählung aus dem Jahre 1925, der er den anspielungsreichen Titel «Corto viaggio sentimentale» gab. Noch einmal vertieft er hier die Seelenanalyse einer jener Männer, die François Bondy als «geborene Greise» bezeichnet hat.

Herr Aghios, der von Mailand nach Triest reisende Geschäfts- und auch Ehemann, der beides recht wenig überzeugend ist, wird sich der Gespaltenheit seiner beruflichen und privaten Gefühle in fast jedem Augenblick bewußt. Die Verbindung und assoziative Verkettung von Gegensätzlichem in seinen intimsten Seelenregungen verraten die Widersprüchlichkeit eines Wesens, das sich ordnender Reflexion entzieht. Das gedankliche Durcheinander dessen, der so widersinnig «allein» reist, weil er das «Leben» braucht, kennzeichnet ihn als ein verunsichertes Individuum, das sich mangels Spontanität und Willenskraft der tätigen Auseinandersetzung mit der Welt verweigert. Darin ist Herr Aghios ein gealterter Verwandter des Hanno Buddenbrook und des «Mannes ohne Eigenschaften» Ulrich. Er kennt kein entschiedenes Entweder-Oder, wenn er sich zum Beispiel die befreiende Trennung von seiner Gattin wünscht, sie im Grunde aber doch nicht will. Im dauernden Zustand des Zweifels bleibt er – so Svevo – ein *meditatore,* ein passiv Nachdenklicher, der seine Unsicherheit mit bedächtiger Bonhomie kaschiert.

Immerhin bricht der beleibte Sechziger noch zu einer Reise auf. Doch deren Ziel ist keine fremde Ferne, sondern die banale Alltagswirklichkeit seiner Heimatstadt Triest. Nicht um einen Aufbruch ins Ungewohnte also handelt es sich, sondern um die Rückkehr in die Gewöhnlichkeit eines wenig authentischen, im Banalen festgefahrenen Lebens, das Unerwartetes, Zukünftiges auszuschließen scheint. Deshalb ist es auch kein Zufall, wenn der Autor seinen Protagonisten nur einmal Station machen läßt, und das ausgerechnet in Venedig. An einem von Vergangenheit überladenen, dem Verfall anheimgegebenen Ort, der zum Klischee von Dekadenz und Untergangsstimmung heruntergekommen ist. Aghios, der Triestiner Bürger ohne nennenswerte Biographie, dessen einziges Charakteristikum sein Hang zur Selbstbespiegelung ist, verwehrt sich auch hier jeder sinnlichen Annäherung an die so viel morbide Sinnlichkeit ausströmende Stadt. Nur «Einzelstücke» nimmt er wahr, die sich von den alten Bauten losgelöst zu haben scheinen. Und dabei darf man sicher sein, daß sein nüchtern registrierender Kopf diese Fragmente nicht als Bestandteile eines Größeren, eines noch kohärenten Kosmos speichern wird, wie das der sensible Mr. Yorick in Laurence Sternes «A Sentimental Journey» tut. Svevos Bezug auf diese «Reise des Herzens», wie der Engländer seinen Bericht nannte, dient weitgehend nur der ironischen Kontrastierung. So besitzt sein Herr Aghios weder die Feinnervigkeit noch die Subtilität des Gefühls, über die der reisende Landpfarrer als Vertreter der christlichen Nächstenliebe und der englischen Empfindsamkeit des 18. Jahrhunderts verfügt. Aghios gelingt es mit seinem rein beobachtenden und reflexiven Hirn nicht einmal mehr, seinen Eindrücken einen gemeinsamen, tieferen Sinn abzugewinnen. Alles bleibt für ihn wegen seiner schon an Kälte grenzenden sinnlichen Starre an der Oberfläche oder wird von ihm aus Selbstschutz mehr oder minder unbewußt auf Distanz gehalten. Dabei hat Svevo die Technik des umständlichen Abschweifens und des Aneinanderreihens von Erinnerungsfetzen, die Sterne zu einem der wichtigsten Vorläufer des modernen Romans gemacht hat, geradezu zum System seiner Erzählung erhoben.

Während Yorick aber noch die feinsten Nuancen persönlicher Welterfahrung in einen gottgewollten Zusammenhang bringt, versäumt Aghios vor lauter Introspektion und egozentrischer Suche nach seiner eigenen Wahrheit das wirkliche Leben. Das drängt ihm, allerdings auch nur aus zweiter Hand, sowohl in der Erzählung des jungen Bacis als auch dem Bekenntnis des venezianischen Gondoliere entgegen. Beide Männer gehören bezeichnenderweise den unteren Volksschichten an und verstehen das Leben als Kampf, als aktives Einmischen. Nichts aber liegt dem Rückzugshelden Aghios ferner, als sich zu irgendeiner Tat zu entscheiden. Indem er das Leben als eine Reise begriffen wissen will, legt er sich wiederum auf keine Position fest, zieht er das Alleinsein und die Ortlosigkeit vor, wo er zwar überlebt, aber nicht wirklich lebt. Er ist ein bürgerlicher Greis, dem die Lebenssinne und folglich auch der Lebenssinn abhanden gekommen sind. Ohne Zukunftsvision und spontaner Freude am Leben hat er sich in seinem Alter eingenistet.

Und so ist er ein letztlich eigenschaftsloser Mensch und damit auch ein austauschbares Subjekt geworden. Fast schon einer jener sich selbst und der Welt Entfremdeten, die durch die Literatur der Folgezeit als beklemmende Vertreter eines lichtlosen «Existentialismus» geistern werden. Doch Italo Svevo, der glücklicherweise noch über «die Gabe des Lächelns» verfügte, begriff zwar das ortlose Altsein als die eigentliche Lebenskrankheit seiner Zeit. Aber er machte aus ihr keine «Krankheit zum Tode», weil er ihr mit der sanften Überlegenheit der Ironie begegnete – mit jener aufheiternden Geisteshaltung, die vor dem Dunkel des Endgültigen bewahrt.

Ute Stempel

INHALT

Diese Buchausgabe der *Manesse Bibliothek der Weltliteratur*
wurde mit der Berthold Bembo BQ gesetzt, im
Bogenoffset gedruckt und in Fadenheftung gebunden.
Alle verwendeten Materialien entsprechen alterungs-
beständiger Qualität, und die Papiere sind
chlor- und säurefrei.

Die Deutsche Bibliothek – CIP-Einheitsaufnahme

Svevo, Italo :
Kurze sentimentale Reise / Italo Svevo
Aus dem Italienischen übertr. von Pia Todorović
Nachwort von Ute Stempel
Zürich : Manesse Verlag, 1999
(Manesse Bibliothek der Weltliteratur)
Einheitssacht.: Corto viaggo sentimentale <dt.>
ISBN 3-7175-8260-7